快乐书香 每天读一点 | 世界动物文学名著Ⅲ

水中之屋

SHUI ZHONG ZHI WU

【加】查尔斯·罗伯茨/著

济南出版社

图书在版编目（CIP）数据

水中之屋／（加）查尔斯·罗伯茨著；王春玲改编.—济
南：济南出版社，2016.12（2024.9 重印）
（每天读一点. 世界动物文学名著.Ⅲ）
ISBN 978 - 7 - 5488 - 2454 - 1

Ⅰ．①水… Ⅱ．①查… ②王… Ⅲ．①长篇小说—加
拿大—现代 Ⅳ．①I711.45

中国版本图书馆 CIP 数据核字（2017）第 003902 号

责任编辑 史 晓
封面设计 周 倩

出版发行 济南出版社
地 址 济南市二环南路 1 号（250002）
经 销 新华书店
发行热线 0531 - 86131729 86922073
编辑热线 0531 - 86131741
印 刷 肥城汇文印务有限公司
版 次 2017 年 3 月第 1 版
印 次 2024 年 9 月第 2 次印刷
规 格 880mm×1230mm 1/32
印 张 7
字 数 106 千
印 数 1—5000
定 价 39.80 元

（济南版图书,如有印装错误,请与出版社联系调换 电话:0531 - 86131736）

在真实中感受爱的美好

查尔斯·罗伯茨是加拿大现实主义动物文学的主要奠基人之一，他首先创造了"动物文学"这一术语。在40多年的创作生涯中，他运用现实主义手法，广采民间关于动物的寓言和传说，结合自己对野生和驯养动物细致入微的观察，共创作了250多篇动物故事。罗伯茨的写实动物故事着力探索了人与动物及自然之间的关系，拓宽了人类的眼界和思维，影响着人类的认识和思想。

《水中之屋》是一部关于动物文学的经典之作，写人叙事时，情节曲折，语言清新朴实，贴近生活；描写景物时，不乏细致入微，给人身临其境的感觉。这是一部集故事性和语言优美性于一体的佳作。书中的原野美景令人陶醉，里面展现出的丛林生物的智慧与勇气也令人钦佩。

　　本书情感流露真实自然，将我们带入那个幽静深远的山林原野之中，带着我们目睹了那些动人的情景：聪明的河狸如何在湖泊那里建屋筑坝，充满爱心的男孩如何用勇气和智慧保住了河狸之家；山林人与他抚养长大的鹿在森林里重逢；母狼獾面对强敌毫不退缩……作者通过这些真实的故事歌颂了人与动物之间的美好感情：男孩冒着生命危险拯救河狸家族；为了保护雄麋鹿，杰布宁可放弃金钱；名叫桑尼的狗奋不顾身地和丛林山猫搏斗，最后成功救出小主人……这些故事都令人潸然泪下。爱是世界上最美好的感情，它能跨越物种的界限。人与动物之间也可以有深厚的爱，爱让我们感觉到世界的纯净与美好。

　　通过阅读本书，我们能获得独特的阅读体验。随着城市的发展和经济的进步，人类和山林原野似乎已经隔得太远。关于野生动物的作品，能够展现出一个崭新而开阔的世界，让我们深深喜欢上那些可爱的精灵，甚至会为它们的勇敢和不幸泪流满面。当然，在不知不觉中我们也增长了知识，了解了那些野生动物的习性以及它们丰富多彩的生活。

目　录

 水中之屋

闪电，猛地一把抓过杰布的手臂，这到底是怎么回事呢？

有白色疤痕的雄麋鹿

大雪天里的贪食者

 **小木屋的窗子**

桑尼与孩子

水中之屋

第一章　夜空下的声音

男孩正欣赏着静谧的月色，突然，从远处传来了一声低沉的轰响，随后一切又恢复了宁静，这是什么声音呢？

这是一片荒无人烟的森林，此时此刻在夜幕的笼罩下显得更加寂静，男孩跟着经验丰富的山林居民杰布·史密斯来这里安营扎寨，他们却有着不同的目的。男孩正欣赏着静谧的月色，突然，从远处传来了一声低沉的轰响，随后一切又恢复了宁静。男孩抬起头，透过篝火升起的缕缕轻烟，望了一眼坐在地上正吸着烟不知思考什么的杰布·史密斯。这位山林居民只低声嘟哝了一句"老树倒了"来回答男孩的疑问，便继续对着熊熊燃烧的篝火，接着想他自己的心事。自从男孩来到这里，山林人的沉默便如薄纱一般落在他身上。男孩没说什么，只是扫了一眼杰布憔悴的脸，微笑了一下，眼睛里带着深深的怀疑，很显然，他并不相信刚才的声音是"老树倒了"。

极致的寂静笼罩着大地，很快吞没了那一声奇特的声响，似乎什么都不曾发生过。杰布和男孩搭了个临时棚屋，前面敞开着，一条日渐干涸的小溪从旁边穿过，溪水淙淙，愈加衬托出山林的寂静。杰布和男孩吃过晚饭后，都逐渐沉默起来，他们在棚屋前烤着篝火，各自想着自己的心事。月亮慢慢升起，照着低矮的山冈，山头上到处都是冷杉树。看着篝火渐渐暗了，他们依然沉浸在各自的世界当中。

一声清脆的低响打破了沉默，原来是一根木柴从中间烧断了，蹿出一团红色的火苗，摇曳闪烁。山林人杰布将烟斗倒空，慢慢站起身来，舒展了一下消瘦的身体，低声说道："我们还是进屋睡去吧。"

"你随便吧，杰布，"男孩也站起身来，紧了紧皮带，摸了摸自己的来福枪回答道，"我可还要去别处看看。晚上是观察山林的最佳时机。"

杰布低声说了些什么，表示并不赞同，然后进入棚屋里铺开毯子。"记得明天回来吃早饭。"他知道阻止不了男孩的行动，只能这样说。在他眼中，男孩是一个天才猎手，在设置陷阱和捕猎上都极具天赋，只是有时候太感情用事。

　　男孩非常热爱山林，他醉心于跟山林生活技巧相关的一切事物，兴趣远比他的大朋友更为广泛，感情也更丰富细腻。杰布说远处传来的声响是树倒了的缘故，在男孩看来这个结论未免下得太仓促，根本站不住脚。他很清楚，周围村庄里没有比杰布·史密斯更出色更全能的山林人，但他也深知杰布对于山林的兴趣仅限于自己从事的工作，比如捕猎、设置陷阱和伐木等这些实际的事情。现在，杰布的身份是个伐木工人，他正做着准备工作，来这里勘察木材。他要到那些遥远偏僻、不为人知的森林中，寻找长得最好的云杉和松树，以便在冬天时去砍伐木材。杰布那敏锐的感官和丰富的经验全都派上了用场，他查看树木的生长情况，探明水流路线，了解地形状况，在砍伐完树木再借助水流运送出去。男孩跟杰布虽然在年龄上有差距，对事物的看法也不一致，但在这次特别的旅行中，杰布是他重要的同伴，男孩此行有着特殊的目的。他们目前正在探寻的地方鲜有人涉足过，据说里面有很多地图上都找不到的不知名的湖泊和小溪，印第安人以前就在那里大肆捕猎过河狸，男孩真正感兴趣的就是河狸。

　　当那轰响声划过寂静的夜空传到男孩的耳边时，他立刻觉察到，是河狸在行动！男孩只是暗暗地在心里想了一下，并未出声，因为他知道杰布很会设置陷阱捕猎，他必定对河狸也深感兴趣，男孩不希望河狸受到伤害，而且他还一心想要在杰布面前表现一下自己的能力。男孩穿着他专为打猎准备的软底高筒鹿皮靴出发了，走起路来像猞猁一样悄无声息。他穿过浓密的树林，走到河道里，里面的溪水已经干枯了一半，正沿着陡峭的河岸从岩石板块上流过，河道沿着一座低矮的山峰蜿蜒绕行。男孩沿着河道来到了一块有些泥泞的湿地，此时，他估计自己走了还不足一千米路。穿过湿地，出现了一个低矮的小水坝，一片宽阔的水域呈现在眼前，在月光下如同一面闪耀着银光的明镜。

男孩立即停下了脚步，内心按捺不住激动和期待，因为这里就是他远道而来要寻找的地方。男孩从书上读过

很多关于河狸的知识，他还无数次向捕猎者请教过河狸的生活习性，他知道此处的水坝正是河狸们辛勤劳作的结晶，眼前这片波光粼粼的湖泊就是河狸生活的地方。随后，男孩从一片波光之中注意到了一个小岛。小岛上面草木丛生，其中一端有一个盖满树枝的圆顶土堆，显然是一所河狸居住的房屋，这是他第一次亲眼见到河狸的住所。男孩欣喜地观察着这所房子，虽然隔着一段距离，他还是判断出它简直大气得像一座宫殿，与那些麝鼠建造的最精美最得意的房子相比，不知还要强多少倍。接着，在稍远处更靠近岸边的地方，他又看到了湖泊中还有一座圆顶建筑，比之前看到的那个还要宽大，只是外表没那么引人注目，看起来像是一堆树枝胡乱堆在一起。这个湖的面积有上万平方米，算不上很大的湖，在男孩看来，这对于两所房屋中的居住者们来说应该是一片很广阔的天地。

灵犀一点

男孩是个热爱大自然的人，他喜欢河狸，甚至通过不经意的声音就能判断出是"河狸在行动"。丰富的知识，坚定的毅力，对周围事物敏锐的观察力，无论从事什么职业，这些都是必须具备的能力。

第二章　初见湖中小民

顷刻间，他的身子便如雕像般定住了，纹丝不动，为了让急促的气息不发出一丝声响，他的嘴巴也张开了……

男孩仔细凝视着月光笼罩下的湖泊，他注意到一条黑色的痕迹沿着湖边蜿蜒而下，显而易见，这是某个水生动物留下的痕迹，但它看起来又不像是河狸所为，因为河狸的体形没这么大，不可能留下如此宽阔的痕迹。这让男孩迷惑不解，他静悄悄地向前挪动着脚步，急切地想要找到一个更利于观察的地点一探究竟。最后，他停在了一个距水坝不到九米的地方。在这条宽阔的痕迹前方，他看到了一个黑色小点，显然是一只河狸的头。最后他终于看清楚了，原来是小家伙正拖着一根枝叶茂密的树枝，它用嘴巴咬住树枝的一端，将枝叶部分斜搭在肩上，拖曳着前行，

那条痕迹正是枝叶划下的。

男孩像猫一样小心翼翼地蹑足前行，他那灰色的双眼炯炯有神，充满了期待。男孩想在水坝后面找到一个能蹲着潜伏的地方，或许还能在那里一览湖区居民工作的情

景。因为小水坝还不足一米高，男孩不得不将身子弯得很低前行，在距离水坝两三米时，他那训练有素、灵敏异常的耳朵便听到从水坝另一侧的湖中传来的一声轻响，是水流转动的声音。顷刻间，他的身子便如雕像般定住了，纹丝不动，为了让急促的气息不发出一丝声响，他的嘴巴也张开了。只见一只河狸的头从水坝的边缘处露了出来，在距他不到三米远的地方正直直地盯着他的脸看。终于见到河狸了！男孩在心里亲切地称呼它们为"湖中小民"。

河狸的嘴里叼着一根桤木枝，毋庸置疑，这是用来修缮水坝的。男孩纹丝不动地站在那里，在水坝下方的空地

008

上有很多枝节扭曲、颜色灰暗的树桩，男孩希望河狸将他当成其中的一个树桩。他在书上读到过，河狸眼睛近视，看来这个说法是正确的，他和河狸之间相隔很近，它似乎没有发现他的存在。男孩忍不住盯着河狸看，他看到河狸的眼中先是有些疑惑，那疑惑又逐渐消散，转而变得笃定，也许小家伙确实相信眼前怪异灰暗的东西只不过是一个树桩。随后，这个勤劳的水坝建造者便拖着它那硕大光洁的尾巴向着水坝的顶部爬去。它边爬边看，似乎是在思考要把带来的树枝放在哪个位置最好。男孩热切地注视着，他知道自己马上就能见识到这些优秀的野外建筑师的精湛技艺了。

"开始爬上水坝的顶部。"

远处传来一声低语，声音如此细微，男孩的耳朵根本没有感觉，可是对于河狸灵敏非凡的耳朵，这声音便是个危险的信号，足以让它警觉起来。河狸敏捷地放下树枝，一头扎进湖里，动作快如闪电。等男孩站起身来，它已消失了。河狸跳入水中时，它宽大扁平的尾巴用力拍打着湖水，发出的响动如枪声一般，在水面上回荡。随后，从湖泊的上游又传来了四五声甚至更多声水花溅落的声响，声响在水面上回荡着，周围的一切又都归于平静。男孩意识到今晚他再也没有机会观察河狸了，他登上由树枝紧密堆

积的坝面，将整个湖泊扫视了一圈，然后确信自己最初看
到的两所水中之屋是湖上仅有的两所。尽管他十分兴奋，
想要立刻将湖区周边探索一遍，但他还是克制住了自己内
心的冲动，果断转身向他们的临时营地走去，脑海中想的
全是明日那些将要实施的激动人心的计划。

灵犀一点

　　男孩夜晚独自来到湖泊边观察河狸。对于有价
值的东西，我们应该积极去探索、认识，以丰富自
己多方面的知识。

第三章　男孩的湖

听到杰布给湖取的名字，男孩觉得那是赐予他的无上光荣，他感激地咧开嘴笑起来，脸颊也因兴奋而变得通红……

山林里的早晨清新宜人，一层淡淡的雾气笼罩着小溪，营地上的篝火让人觉得暖意融融。吃早饭的时候，男孩宣称自己昨晚有重大发现，杰布却没问他有什么发现。杰布是个沉默的山林居民，从不喜欢打听别人的事，然而，他此时的沉默满含着质疑的意味。男孩吃着炸鳟鱼和玉米面包，嘴里塞了一些食物，边吃边说："杰布，昨晚我们听到的声音可不是老树倒了的声音！"

"那又如何？"杰布低声反问道，他似乎对此没多大兴趣。

　　杰布冷淡的反应让男孩不想说出秘密。随后，杰布又夹了一片粉红色的鳟鱼肉，似乎很专心地吃起来。没过多久，这个山林居民再度开口了。在这之前他一直在思考一些事情，并意识到自己在男孩面前的威信有所动摇。

　　"当然不是老树倒了，"杰布带着嘲讽的口气慢悠悠地说，"我那么讲，只不过是不想在犯困的时候被你的问题纠缠。我自然知道是河狸在行动！"

　　"没错，杰布，"男孩兴奋地赞同道，"就是河狸。我已经找到一个有河狸居住的湖泊，就在小溪的上头，里面有两所很大的河狸房子。是我先发现了那个湖，所以它属于我，我不允许别人在那里捕猎，那些河狸也是我的。杰布，里面每一只河狸都是我的，绝对不可以用枪或者用夹子捕猎它们！"

　　"我不知道你的禁令会有多少人遵守，"杰布不动声色地说道，一边从平底锅中拿起一块咸肉放到盘中，"但起码我会遵守。我想今年冬天来这里扎营伐木的伙计们也会这么做，只要我跟他们说清楚那个有河狸的湖是你的。"

　　"真是太感谢你了，杰布！"男孩说道，"这也正是我所希望的。我想周边还有很多河狸可供你那老古董的铁夹捕捉。"

　　"确实是这样，"杰布表示认同，他站起身来解释道，

"昨天我往营地西边寻找木材时发现了三个湖，里面应该也有河狸。所以我们应该可以放过'男孩的湖'里那十六或二十只河狸。"

听到杰布给湖取的名字，男孩觉得那是赐予他的无上光荣，他感激地咧开嘴笑起来，脸颊也因兴奋而变得通红。他知道那个名字会长存下来，甚至最终会印在地图上，因为伐木工人们尊重他们自己的传统，坚持这样的命名原则。

男孩又对杰布道了声谢谢，然后问道："你怎么知道我的湖里只有十六或二十只河狸呢?"

"你说到湖里有两所河狸房子，"杰布回答道，"一般说来，一所河狸房子里有八到十只河狸：一对老年河狸夫妇，三到四只还未被赶出家门自立门户的幼狸，还有三到四只春天新下的幼崽。河狸父母非常慈爱，它们的孩子在家可以想住多久就住多久。现在我要走了，中午回来吃饭时再见!"杰布拿上他的斧子，迈开大步，朝着营地的西南方向走去，他要进一步研究他昨天发现的一个山谷。

现在只剩下男孩一个人，他快速地整理营地，卷起铺盖，擦完盘子，又将快要燃尽的篝火熄灭。然后，拿上他的小型温切斯特步枪，沿着昨晚的路线往小溪上游走去，一直走到河狸栖息的湖泊。男孩总是随身带着猎枪，尽管

他并未用枪伤害过任何生命。

男孩很清楚，河狸的大部分工作，至少大部分的水上工作都是在夜间进行的，所以他并不奢望能在日光下看到河狸。尽管如此，他还是小心翼翼地靠近水坝，不让自己发出声响。每当男孩走进山林，他总是小心翼翼的，这已经成了他的习惯，他也因此体味到了山林生活的无穷乐趣，见到了很多居住在山林中的动物。而那些喜欢喧闹、行动鲁莽的人只能看到一片空荡荡的林子。男孩悉心研究野外生活，从中懂得了一些很重要的知识，即大自然的生物绝不会总按人的意志行事，它们有自己的生活习惯。

男孩走到湿地边上，目光越过水坝向前方凝视着。清晨的阳光洒满湖面，周边一片宁静。明朗的日光下，水坝和不远处的两个河狸之家看起来比昨晚更大，更为引人注目。此刻，湖泊附近看不到生物活动的迹象，除了一只在湖上盘旋搜寻猎物的鱼鹰，它那凶猛的头往下伸直，想要找到湖面下正追逐阳光的鳟鱼或白鲑。

男孩一动不动地躲在稀疏的灌木丛后，他养成了一种习惯，即在完全将自身暴露于空地之前，起码要先静静地待一段时间。他耐心观察，却一无所获。就在他决定换个地方时，他眼角的余光捕捉到后面小溪浅浅的河床上有一丝动静，于是他又继续躲藏起来。过了一会儿，一个褐色的小家伙扭动着身子进入了他的视野，原来是一只水獭正沿着小溪向上游走去。

　　这只水獭行动异常谨慎，左顾右盼，似乎是要将沿途见到的一切详细地记在脑子里。走到水坝时它停了下来，仔细对水坝结构进行研究。这只水獭的神情如此特别，男孩马上断定它是初来乍到，或许它之前住在南边距这儿约二十四公里的奥坦努斯河的源头处。为了建造一个大型木

材营地，有一队伐木工人正在那里扎营施工，或许因此它才不得已背井离乡，流浪到了"男孩的湖"这里。不管它来自哪里，有一点确信无疑，这个褐色的流浪者是新来的，它全然没有野生动物在巡查自己领地时的从容自信和郑重其事。这只水獭绕着水坝底部静悄悄地走了一圈，用鼻子嗅了嗅每一条溢出来的小水流。看到跟以前见过的其

他河狸水坝并无不同，水獭似乎放下心来。接着，它爬上水坝的顶部，对着身前的那片水域观察了很久，一切看来都很正常，它才干净利落地潜入湖中。据男孩猜测，它潜入的地方应该是相对水坝来说水位最深的地方。很明显，它是想径直朝着湖泊入口游去。在途中，它要经过小岛，跟岛上的河狸主屋相距范围大约在二十三到二十七米之间。水獭跳入水中消失不见后，男孩立即往前冲向坝顶，在树荫下盯着湖面，看是否能发现它的行踪。

灵犀一点

男孩发现一只水獭潜入了"男孩的湖"，接下来会发生什么，他决定探个究竟。在人生的旅途中，确定了目标，才会拥有为之奋斗的动力。人生的乐趣不仅在达到目标的那一刻，更在于持续不断的努力追求之中。

第四章　湖里的战斗

男孩看着湖里这场不同寻常的神秘战斗，兴奋得手舞足蹈，差点从脆弱的坝顶上掉下去。片刻之后，两位对手又浮出水面激战起来……

男孩目不转睛地盯着湖面，几分钟过去了，仍然看不到水獭丝毫的行踪。突然，岛上的河狸主屋对面的水域里传来一阵喧闹的声音，湖面也波浪起伏，紧接着水獭露出水面，看样子十分激动，它很快又潜入水中。这时候，一只体形巨大的河狸将头伸出湖面，大口地呼吸着空气。等它们都潜入水下，湖面立刻一片沸腾。男孩看着湖里这场不同寻常的神秘战斗，兴奋得手舞足蹈，差点从脆弱的坝顶上掉下去。片刻之后，两位对手又浮出水面激战起来，双方势均力敌。随后又有一只河狸参战，它的体形比第一

只要小，却气势汹汹地朝着水獭疯狂地扑过去。很明显，河狸是进攻方，水獭不时地想要逃脱，却只是徒劳。男孩十分同情水獭，甚至一度举起了猎枪。但他又想：不管水獭来这里的意图是什么，它终究是入侵者，河狸有权捍卫自己的湖泊。他记得一位上了年纪的印第安人告诉过他，河狸跟水獭之间总是有着解不开的血海深仇。于是，他放下猎枪，焦急地注视着湖面，紧张得几乎透不过气来。

事实证明，水獭有足够的能力保护自己。只见它突然立起身来，露出半截光滑的身体，扭动着迅速扑到小河狸身上，用牙紧紧咬住了它的耳朵下方。水獭的牙齿很长，有致命的杀伤力，是专门用来对付鲑鱼的，不管多大多滑的鲑鱼如何猛烈地挣扎，水獭总能将其擒住。小河狸疯狂地翻转着身体，想要挣脱这致命的攻击。但水獭死死咬着不松口，它像猎狗咬住老鼠那样，使劲甩动着口中的猎物，全然不顾另外一只河狸对它发起的猛烈进攻。湖水被搅作一团，水花四处飞溅，溅到坝顶，打到了男孩的脚上；溅到水中的小岛，河狸住所周围的水草摇动起来。毫无疑问，湖里的其他居民也在观战，甚至比男孩看得还要专心致志，但男孩连这些观战者的一点踪影都没能看到。其实它们就在附近，躲在隐蔽的草丛里或者是睡莲的叶子下面。

　　水獭还是死咬着小河狸不放松，小河狸在一阵抽搐后便不动了，肚皮朝天躺在湖面上，随着波浪的起伏开始下沉。水獭终于放开了它，从另外一个更危险的对手的纠缠中挣脱开，拼命朝着最近的岸边游去。大河狸也受伤了，它并没有乘胜追击，而是慢慢地游向岛上的房子，很快消失了。不久，水獭就到达了岸边，拖着身子前行，它似乎不愿意就这么放弃，想要去寻找友善好客的水域。它那富有光泽的褐色皮肤被划伤了，鲜血直流，男孩认为它的伤并不致命。

　　男孩转过身，对着河狸的房子注视了十多秒钟，便穿过树丛悄悄离开了。刚才目睹了水獭与河狸的战斗，看着河狸如此残酷地驱赶一个外来者，男孩第一次意识到动物

世界和人类世界一样，大部分值得拥有的东西都是先占先得。

男孩对于这场奇特争斗的兴奋渐渐平息后，便饶有兴趣地观察起水坝。他知道现在湖里的每一只河狸都已经知晓了他的存在，它们必定会更加小心翼翼地行动，男孩也没有必要再隐藏自己了。

他沿着水坝顶部走来走去，估算它的长度约为三十米。水坝的中间部分有一长段水坝略高一些，它的两端逐渐没入自然凸起的水岸。据男孩观测，水坝底部的厚度约为三米，它上方部分表面的坡度比下方的要缓些。整个水坝由树枝、灌木、石头和泥巴建成，看起来十分结实，是一件非常坚固耐用的手工制品。然而，不足半米宽的顶部却建得比较松散，富有弹性，男孩也解释不清水坝为什么会建成这样。随后他观察到，水坝在疏散水流时，没有一处地方会有湖水泛滥，湖水流经水坝时能达到距坝顶部分七到十厘米处，处于这样一个水位时，水流能先从由细枝树棍编织的松散而牢固的结构中慢慢渗透下去，并且不会带来多大的冲击力。这样，倾泻而来的流水就能疏散到各处，其力量被大大削弱，对整座水坝的影响也变得微乎其微。水流层层渗透，几乎没有声响，一直往下流淌，直到从水坝的底部流出，流到小溪后再重新汇聚在一起，朝着大海的方向继续行进。水坝长长的斜坡上方完完整整涂了一层泥巴，表面因而显得特别光滑。这样，水坝里面的结构便不会显露出来，除了个别直径约七到十厘米的树木的根须零星地伸出表面，这也充分说明了底层的坚固。斜坡下方部分的结构颇让人费解，由树枝和树干组成，乍看它们像是随意堆积在一起，仔细观察后，男孩发现其实搭建得十分结实，要想从中抽出一根木棍还得颇费些力气。男孩对水坝的结构了解越深，就更加敬佩它的建造者，更加欣赏它们的思维和智慧。如果用人类称之为"本能"的东西来解释如此精美坚固的杰作，该是多么牵强。想到这一点，男孩不由得露出一副似笑非笑的表情。

然而，最让男孩印象深刻的还是水坝的布局，它充分表现了湖中小民的施工技巧和缜密思维，在两种极端情况下都能有效工作。如果碰上暴雨或融雪，而水流依旧很浅甚至近乎断流时，流水就可以从坝中以最短的路程穿过；而当水流与小溪主流交汇，水势汹涌时，水坝向上突出的弯曲部分则可以抵挡住洪流凶猛的推力。男孩对着水坝弯曲而又坚固的部分沉思了一段时间，随后他看了一眼太阳，才知道已经接近正午时分。于是，他向着水中低矮的圆顶小屋脱帽致敬，然后匆忙赶回营地吃午饭。

灵犀一点

　　男孩观察到河狸建造的大坝非常精美、坚固，他决定进行更深入的研究。学无止境，无论多么博学的人，在寻求真理的长河中都需要不断地学习，勤奋地学习，这样才能攀上科学的高峰。

第五章 大河狸独自疗伤

如果没有看到男孩出现，它一定会爬到小岛干燥的草地上，在和煦的阳光下舔舐伤口，安抚伤痛，可现在它又能做什么呢？

男孩去吃午饭了，河狸居住的漆黑的房间里和狭长昏暗的走道上却陷入了一片混乱。河狸们平时每天辛勤劳作，过着井然有序的生活，今天与水獭的战斗成为一个重要插曲，它们都异常激动。此刻，身体的疼痛使得那只英勇负伤、正在疗养的大河狸顾不上考虑太多，其他的河狸们明白它们目前面临着更为严峻的形势——在它们的领地上出现了人类。

人类与河狸打交道已经有些年头，虽然河狸对人类印象模糊，可它们看到人类就会慌乱不安，男孩昨天和今天

的现身使得它们惊恐万分。男孩站立在坝上的身影高大挺拔，令它们望而生畏，他又在坝上来回走动，这似乎预示着某种不可知的灾难。等到男孩彻底走远后，湖泊里的河狸都游过来查看堤坝，由于惊魂未定，它们都不敢把头露出水面。这些河狸不仅有从主屋游过来的，还有从堤坝另一边的巢穴过来的。它们想要看看自己赖以生存的大坝是否还完好无损。河狸一只接一只赶来，似乎承担着不同的责任，它们来到下游观察水面，然后又一只一只逆流而上返回去，回去时心中多少轻松了一些。当然，这其中唯独少了那只在战斗中受伤的大河狸。如果没有看到男孩出现，它一定会爬到小岛干燥的草地上，在和煦的阳光下舔舐伤口，安抚伤痛。可现在，它根本不敢有这样的想法，作为整个家族的首领，它也不能履行视察大坝的职责，目前它所能做的只能是独自疗伤。在水中之屋的两个入口间，它扎进了距离更短的入口，沿着蜿蜒曲折、有些陡峭的过道向上爬入了一间黝黑僻静的小屋，然后蜷缩在角落的一堆干草上。它的伤口很难看，也疼得厉害，好在还不至于致命，它知道自己很快就能康复。一些动物在患病或者受伤后能预知自身的死亡，有时会主动放弃自己的权益，选择独自离开家族，跟死神做最后一次伟大的较量。而这只大河狸现在没有这样的想法。

　　大河狸躺下养伤的房间并不宽敞，通风条件也一般，可就其他方面来看，它完全能满足居住者的生存需要。房顶由草皮和树枝搭建而成，约一米厚，疏松多孔，空气流通，但光线透不进来，这点对于河狸来说并不重要，因为它们的耳朵和鼻子比眼睛的作用更大。这是一所温暖舒适的小屋，地面比通向小屋过道里的水位高出不过十二厘米，里面很整洁干燥，旁边用干草铺的床也很干净，里面还有刚捕的鱼，河狸在这里吃了些鱼就独自躺下来。

　　这个房间是河狸一家的起居室、卧室兼餐厅，与外界有两条通道相连。这两条通道上方都建有顶盖，由房屋墙壁往外延伸很远。通道的出口位于湖泊底部，那里的水深一米多。其中一条通道笔直地延伸，宽约半米，依着一条绵长平缓的斜坡而建。河狸们通常就是沿着这条通道搬运

食物，比如嫩绿的杨柳枝、白桦枝和杨树枝。树皮是河狸们的主食，等到树枝的皮啃干净后，它们会将光秃秃的树枝搬运出来，顺水漂流而下，送去修缮堤坝。另外一条通道则是紧急出口，专门应付从屋顶而来的突发险情。它与第一条通道一样宽，但更为陡峭，这条应急通道还十分弯曲，至于其原因，人类观察者还不是很清楚，建造者肯定有它们自己的考虑。无论冬天多么寒冷，无论湖面的冰雪有多厚，两条通道的出口总是通向开阔的水域。房屋附近的水底有一些汩汩上涌的泉水，它们让此处湖水的温度在最严寒的天气里也能保持一致，因此，即使在最糟糕的情况下，湖面结冰的厚度也不会超过半米。而在湖的其他地方，冰的厚度可能达到一米甚至还要更厚一些。

受伤的大河狸躺在房间里正舔舐着自己为了保卫家园所受的伤，另外两只河狸进入房间来看望它，大河狸不希望被打扰，它用某种简洁明了的方式让它们不必在此停留。于是，它们又从不同的出口匆匆离开了。其中一只游到了小岛草木丛生的边缘处，在低垂的草帘之下，从水面探出头来，一动不动地侧耳倾听了好几分钟，然后从细长的草丛里爬上岸，躺下晒着太阳，偶尔看看头顶上空那只不断盘旋的雄鹰。另外一只河狸则更为勤劳，它离开后便向湖泊上游游去，因为它知道，那里还有很多工作需要完成。

灵犀一点

　　无论处于怎样的困境都要有一颗勇敢的心，勇于忍受痛苦和孤独。只有这样才能养精蓄锐，积蓄能量，迎接新的挑战。

第六章　水下的世界

两只河狸在水里无意间遇到了那只被流浪水獭杀害的河狸尸体，河狸是很爱干净的动物，它们会如何处置呢？

湖面风平浪静，水下的世界却是别有洞天。每隔一会儿，水面就有涟漪轻轻荡漾，层层扩散到岸边，原来是由一些探出水面的黑色小鼻子引起的，它们很快又消失得无影无踪。漫不经心的观察者可能会说这是鱼儿游上来吞食飞虫，实际上这是谨小慎微的河狸在呼吸，它们担心被男孩发现。河狸们确定男孩并未离开，只是躲在某处等待时机突袭它们。

在湖里游来游去的正是这所水中之屋的居民，因为它们的栖息之处被那只英勇负伤的大河狸用来疗伤，暂时不能回家。岸边另外一所房子的居民从早晨开始一直都在远处观察着发生的一切，它们看到了水獭与河狸的战斗，也看到了岸上的男孩。现在它们正躲在自己舒适幽静的居所里休息，等到没有危险时再开始做事。有的河狸在宽敞的房内酣睡，有的则在啃着柔嫩多汁的柳条，另外一些则躲在堤岸高处两所更为隐蔽的洞穴里，那儿通过宽阔的隧道跟主房相连，隧道里有些积水。这个湖泊里共有两大河狸家族，它们除了一起参与修理堤坝这种有关共同利益的大事外，基本再无往来。在修缮堤坝的过程中，它们也并非十分和谐，大家都保持警觉、辛勤劳作。

现在正是秋天，秋高气爽，万里无云，阳光洒在河狸栖居的水下世界，一池湖水明澈如水晶。

河狸们在金光闪闪的水下世界四处游弋，它们强健有力的后肢推动它们在水中自由穿梭。它们短小的前肢弯曲着，紧贴在下巴下面，爪子如人手一般灵活，硕大肥壮的尾巴则向后伸直，随时准备待命，在紧急情况下尾巴便如一个有力的螺旋桨发挥作用。两只河狸在水里无意间遇到了那只被流浪水獭杀害的河狸尸体，河狸是很爱干净的动物，它们知道任由尸体在湖中腐烂，污染水域是不合家族规矩的。没有仪式，也无感伤，它们就将死去同伴的遗体拖向岸边，确切地说是将其推向岸边，除非面前有石头或草根阻拦，它们才会拖着尸体走。到了水深不足二十至二

十五厘米的湖边，它们放下了尸体，重新潜入水中，等待入夜之后，它们会再将其推上岸边，抛在远处，任由一些饥肠辘辘在夜间行动的觅食者来替它们处理尸体。

与此同时，一只特别勤劳的河狸已经来到湖泊源头。它从这里钻进了一条笔直狭小的沟渠，沟渠途经草地，笔直地通向距离湖泊约四十五米的一个树木葱茏的山坡。沟渠深约一米，宽度与深度差不多，好像是人类挖出来的。沟渠内挖出的泥土被弃置在两侧，并非只是弃于其中一侧，这与人类挖渠的习惯相同。这条沟渠有些年头了，两边早已是杂草丛生，几乎淹没了它，使得沟渠若隐若现。在杂草的掩盖下，河狸来到了水面，高昂着头悄无声息地向前方游去。沟渠在山坡的底边向左急拐，向上绕行，连接到一段刚开始挖的沟渠，这里泥泞不堪，两岸隆起的新泥和草根尤为显眼。河狸小心翼翼地前行，嗅着空气中任何可能存在的危险气息。沿着弯弯曲曲的水渠游了大约二十到三十米后，沟渠慢慢变浅，直至彻底消失在一片桤木林后。就在这片淤泥浑水之中，河狸发现一个正努力干活的同伴，于是它也一起干起来。这条新挖的沟渠还未完工，还有很多工作要做，而冬天很快就要来了。

挖通这条沟渠的目的在于运送新开发到的食物，砍倒湖泊附近可以食用的树木，让它们掉入或滚落到湖中的方法已沿用多年。而这条穿过草地、延伸至高地底下的沟渠则开辟了一个新的天地，里面桦树、杨树应有尽有。尽管树木能轻而易举地沿坡滚下山来，河狸们还是无法沿着崎岖不平的山路把它们拖曳下来，所以最终还是有必要将沟渠沿着斜坡坡底平行延伸。朝着这个方向努力，沟渠每延伸一部分，河狸们离食物充足的新供给点便更接近一步。

沟渠的独特之处在于它是沿斜面挖掘的，以便运送木材时更省力。这里有两只河狸并肩战斗。它们的牙齿像挖掘工人的铁锹一般锐利，干净利落地切开坚硬的草皮。它们用前爪毫不费力地刨开软泥直到挖出黏土块，然后用前肢将黏土块紧紧抱在下巴下，爬上斜坡把土块放在旁边的草地上。每隔一分钟，就会有一只河狸停止劳动，抬起棕色的脑袋探过沟渠边缘，看看四周，缩起鼻子闻闻，或者侧耳倾听，确信没有什么危险，它就火急火燎地继续卖力

干活，仿佛它的劳动牵动着整个湖泊未来的命运。它们辛勤劳作了半个小时后，沟渠足足增长了十五到二十厘米。两只河狸不约而同停下来，啃着鲜嫩多汁的草根以恢复体力。这时，山坡上白桦林的上方隐约传来了一声细枝断裂的声响。瞬间，两只河狸已经悄无声息地消失在水中，沿着沟渠顺流而下飞奔。

灵犀一点

　　湖面风平浪静，水下的河狸世界却别有洞天，只有细心的观察者才能洞悉这个神秘的水下世界。"工欲善其事，必先利其器"。充分的准备才能为成功奠定坚实的基础，而机遇也常常垂青那些有准备的人。

第七章　新的同盟者

　　他不是用捕猎人的眼光而是用欣赏者的眼光来观察这些技艺高超的小工程师们，杰布聆听着男孩充满热情的讲述，开始变得满怀敬意……

　　男孩吃过午饭后又来看河狸，他沿着山坡蹑手蹑脚地往下走，发现沟渠里泥水浑浊并泛着泡沫，便立即意识到自己刚才错失了一个观察河狸挖沟渠的好机会，觉得很失望。河狸挖渠道的事常常引起人们的争论，很多人不相信它们能挖出胜过人工的沟渠。如今他亲眼见到了这样一条正在修建的渠道，足以抵消刚才的失望之情。他自信他的谨慎与机警并不比河狸差，他下定决心，晚上要在附近山坡上观察一整夜，并且要耐心观测，不声不响，那样河狸就绝不会怀疑到那双热切注视它们的眼睛。

　　男孩仔细观察这个山坡周围的景象，只见到处展现出渠道设计者的目的以及湖区小民正努力囤积冬粮的勤劳。现在时节还早，河狸就如此辛勤劳作，男孩判断出今年冬天一定会异常严寒，而且冬天会来得比往年早。他发现有些粗细不等的树木整齐倒下，最大的树木直径长达半米多，所有枝条都被剥去。这些树木倒下的方向准确无误地朝着水流方向，这样河狸便能减少拖运木料下山所要消耗的体力。其中有两三棵树倒下的方向有点偏差，或许是技艺还不够娴熟的年轻河狸干的。在最新挖通的沟渠附近，男孩发现了一棵树，昨夜他和杰布听到的也许就是这棵树倒下的声音。这是一棵高大的棕黄色的桦树，被啃断的部位与地面相距约为四十厘米，这棵桦树仍然流着新鲜的汁液，将近一半的枝条被啃断修剪过。这表明河狸在男孩造访水坝受惊之后，在夜间晚些时候还回来工作过。树冠上大部分较为细小的枝条已被清除掉，并被拖到了沟渠的边缘。从以前与猎人和山林人的交谈中，男孩知道这些树枝很有可能会被安置在水坝略上方的通道中部，码成一大堆。这样一来，一则可以阻挡洪水，二则能在冬季提供食物。

　　就在新倒下的桦树旁边，男孩发现了另外一棵砍到一半的大树，他发誓晚上一定要看看湖中小民如何把它砍完。他发现树的下处咬得十分匀称，只在靠水一侧咬得深浅不一。切口的规则程度自然比不上技艺娴熟的山林人用斧子砍出的效果，因为河狸牙齿与山林人的斧子比起来实在是件过于简陋的砍材工具，只是它有可能比斧子砍得更直，也更少浪费力气。在树的底端，男孩捡到了足有二十厘米长的碎木屑片，他对此疑惑不解，难以想象河狸是如何啃出这些木屑，使它们飞落下来，就像山林人用斧子砍的一样。

男孩兴奋地一连忙活了几个小时，观察这些聪明的"伐木工人"用牙齿啃出来的杰作，他留意着稍远处的木料被拖下水时留下的痕迹，又仔细研究了沟渠的挖掘情况，还是意犹未尽。男孩担心自己在这里停留太久会让那些湖中小民过度紧张而导致它们晚上可能不出工，于是便离开山坡处回了营地。他要利用下午的时间好好休息一下，养精蓄锐，准备夜间的观察活动。

夜幕降临了，皎洁的月光下山林显得奇幻迷人。在篝火旁，杰布正在煮饭，男孩绘声绘色地向杰布描述今天看到的一切：大坝的结构是那样完美，河狸们挖的沟渠绝对不比人挖的逊色，尤其是水獭和河狸之间的战斗是如何惊险……男孩不是用捕猎人的眼光而是用欣赏者的眼光来观察这些技艺高超的小工程师们。杰布聆听着男孩充满热情

的讲述，开始变得满怀敬意，一改往日漠不关心甚至还带着嘲讽的态度。他没有走开去睡觉，而是往烟斗里塞满烟丝，然后用有神的双眼打量着男孩的脸庞，突然之间，他的眼神里也泛起活泼的孩子气。

男孩起身拿起他的猎枪向杰布告别，"我必须尽快前去，先隐藏好自己，"男孩说，"否则今晚我会一无所获。晚安，杰布。我很可能要到明天早晨才能赶回来。"

杰布并没像以往那样和男孩道别，他一言不发，摸了摸粗糙的下巴，然后，他直起身来，说："你的河狸的确机灵有趣。你知道吗？要是我今晚没有跟你一同前去亲自见识见识的想法，那我会受到责怪的。"

尽管男孩对杰布态度的转变窃喜，他还是满怀疑惑地打量着杰布，因为他不确定杰布是否能够忍受困乏，保持耐心，在很长时间内隐藏着不动，而这对于今晚观察河狸是必不可少的。

"嗯，杰布，"男孩有些犹豫地回答道，"你一定知道有你做伴我有多高兴。要是你真像我那样感兴趣，陪着我一起去，我的乐趣也会翻上一倍，这你是知道的。可你能确定你可以为了看它们不声不响等上很久?"

男孩的怀疑让杰布十分不快，作为一个优秀的猎手他怎么可能做不到呢? 杰布反问道："难道我没有在潮湿的沼泽地中连着待上好几个小时等待鹅群，连一根手指头都没动一下吗? 难道我没有悄悄靠近过一只机警的雄鹿? 我可以安静地趴着一动不动，甚至糊弄过熊!"

杰布的爆发让男孩不由得低声轻笑起来，他一向是个沉默寡言、自命甚高的人，他的爆发真是出人意料，也许是因为他真的想去看看河狸。

"你说的有理，杰布，"男孩说，"我想你一定可以保持不动。但是你得听我的指挥，只是今晚好不好? 这是我精心计划的。"

"当然，"杰布爽快地回答道，"既然你这么说，那我肯定保持安静! 要是你没意见的话，我还想带一大块冷熏肉过去。"

灵犀一点

　　观察动物必须保持耐心。无论做什么事情，都应该专心致志，否则就很难实现预期的目标。

第八章　夜间劳动者

似乎是水花轻溅的微弱响声传到了他的耳中，他庆幸自己没有开口说话，片刻之后，一只河狸的身影突然出现在沟渠边缘，它要干什么呢？

杰布顺从地跟在男孩的身后，他们踏着树影重重的林间小路悄悄地前行，尽量不发出一点声响，如同夜间灌木丛下穿行的猞猁、麋鹿或鼬鼠。男孩在前面带路，他远远地隔着小溪，穿过山脊的顶部，以便躲过警惕的"哨兵"。在到达沟渠开始的一端时，他们更加小心翼翼地缓慢行进。一阵微风从草甸的方向吹来，他们闻到了新挖出的泥土气息。又走了一段，男孩趴倒在地，杰布也学着他的样子趴下来。他们一寸寸匍匐前进，行进了约有四十五米的距离，最终抵达了一片新生的冷杉树丛的中心处，透过这

些树丛他们可以看到沟渠的最上端以及河狸最近一直在啃的树木。

月光照着远远近近的树丛和湖水，周围一片寂静。静静地等了大约十分钟，杰布有些不耐烦了，正要低声嘲讽道"什么也没有"，但他记起男孩的禁令，便忍住没说。又过了一会儿，似乎是水花轻溅的微弱响声传到了他的耳中，他庆幸自己没有开口说话，片刻之后，一只河狸的身

影突然出现在沟渠边缘，月光给它灰色的小身体洒上一层神秘的光泽，它站在那儿一动不动，靠着臀部和后肢的力量直立了好几分钟，用眼睛、耳朵和鼻子疑惑地观察着眼前的景象。当确信附近没有危险后，它才慢慢地爬向那棵已经咬了一部分的树。

这个伐木的领导者很快就得到了另外三位的响应，它

们陆续赶来，立即投入工作。其中一位辅助领导者的工作，另外两只河狸则一心一意地修剪啃咬它们昨晚砍倒的大桦树树枝。其他的湖区小民去了哪里？它们在干什么呢？男孩很好奇，本想向杰布询问一下，可又想到河狸耳朵很灵敏，便没开口。他想其他河狸也许还在湖泊下游那里修缮房屋，处理堆积的树枝，或者是在修茸水坝。随后又有一只河狸加入进来。沟渠里再次发出一声水花轻溅的声音，把男孩和杰布的注意力吸引了过去，他们看到一只河狸在沟渠最前头继续挖掘。

此时此刻，杰布并没有显得不耐烦，或者急躁不安，他认真观察着河狸在月下工作。河狸们小心翼翼地忙碌，不知疲倦地辛勤劳作，并且分工合作，秩序井然，在他眼里甚至能赶上人类的智慧水平，这看起来真是不可思议，他第一次懂得了男孩对于这种没有流血的捕猎活动的热情。他一直都知道河狸聪明，也充分相信它们的智慧，但是直到亲眼看见他才真正懂得了它们的神奇。两只忙着砍树的河狸，靠着硕大的尾巴支撑，直直地蹲坐着，孜孜不倦地啃着树木。它们在树干上啃出了两道深深的痕迹，两道痕迹之间相距十五到二十厘米，然后它们的脖颈使劲疯狂地撕扯着，主要通过牙齿和前爪使劲，最终咬成碎片撕扯下来。当杰布注意到河狸如何将树干咬得一边比另一边

要低深些，以便随心所欲控制树倒下的方向时，他欣喜若狂，差点儿喊出声发誓说自己今后再也不会捕猎一只河狸。他觉得河狸和他们一样都是山林居民，捕猎河狸就相当于捕猎自己的兄弟。

还有一些河狸正给另外一棵树剪枝，干得热火朝天。河狸根据树枝尺寸大小将其剪成匀称整齐、易于操控的长度，从一米到两米不等，原则是树枝越细，剪成的长度便越长。每一根树枝似乎都经过周密计算，方便河狸在水中拖运。根据这些树枝长短粗细的不同，也根据它们所倒下的位置不同，河狸们或令其滚动，或推或拉，让它们沿着已经开辟出来的光滑小径落到沟渠里面。随后，其他河狸现身，开始拖运树枝，从沟渠一边拖到湖泊。由于被灌木丛挡住了视线，杰布和男孩并不能看到这一幕工作的情景，男孩根据自己以往在水中边游泳边将身前的一根木头底端放到前面往上推运的经验，猜想河狸也会用这样的办法运送树枝。然而，运送树枝毕竟和木头不同。为了把树枝沿着小径拖走，每一只河狸都用嘴巴咬住树枝的底部，将其翻转到肩上扛住，枝叶部分甩到身后，再拖着树枝行走。显然在水中，此法也是运输这种材料最便捷的方式。河狸不会像某些人一样因为方法不当而白费力气。

灵犀一点

河狸是勤劳的夜间工作者，它们的勤劳打动了山林居民杰布。俗话说："一勤天下无难事。"勤，就是要珍惜时间，勤于学习，勤于思考，勤于探索，勤于实践。古今中外那些做出一番成就的人都是勤劳的人。

第九章　夜半枪声

突然，男孩心中的疑惑消失了，那截"木头"动了，只是轻微地动了一下，却没瞒过男孩的眼睛……

河狸们砍树和拖运的工作进行得有条不紊，与此同时，在沟渠前端的大河狸也正专心致志地工作，它沿直线行进，挖出草皮和黏土，把它们推到坡上，再推到沟渠边缘的外围。观察者对它工作的情景可以很轻松地一目了然，因为他们的藏身之处与这只河狸相隔不超过十步远。

杰布和男孩正聚精会神地观察着努力挖沟渠的河狸，就在此时，一声巨大的轰响转移了他们的视线，只见一棵大树正慢慢地往下倾斜。这时候，每一只河狸都疯狂地跑向沟渠，毫不在意会弄出多大声响，接着纷纷一头扎入水中。那棵高大的桦树不情愿地缓缓沿着山坡向下径直前倾下去。树冠在天幕中描绘出一个巨大的弧形，枝叶则随着倾倒发出窸窸窣窣的声响，随后发出一声低沉而又令人恐惧的轰鸣。大桦树倒下了，它的一些树枝折断了，其中一些飞溅到空中又落下来。周围的空气似乎也被搅乱了，几秒钟后，一切又恢复了宁静。

现在看不到一只河狸，杰布在想河狸是不是被自己的工作成果吓跑了，它们中也许有哨兵正躲到灌木丛后窥探。时间一分一秒过去了，仍旧什么事也没发生，杰布这才意识到自己的肌肉因为长时间处于紧张状态而疼痛难忍。他正要翻动身体，向男孩询问一下目前的形势到底如何。这时，男孩猜到他心神不宁，悄悄把手搭在他的手臂上，示意他别动。杰布猜想河狸现在肯定是处于警戒状态，它们躲藏起来看是否有敌人被响声吸引过来。

不到五秒钟，杰布便忘记了疼痛，因为他看到了之前那个作为"领导者"的大河狸神奇而又不可思议地再度出现，蹲坐在沟渠边缘。它还像以前那样先一动不动坐了有一两分钟，四处嗅嗅，侧耳倾听。确信周围没有危险了，它才慢吞吞地爬到山坡上察看刚才倒下的那棵树。大约半分钟后，所有的河狸又开始工作了，只是不用再砍树了，当前最要紧的任务是割树枝。

两位观察者又静静地趴了好长一段时间，关注着劳动

过程中的每一个细节，直到男孩认为该让杰布放松一下了。他刚要和杰布说些什么，他的视线沿着山坡向上看了一下，无意中落到了一截短短的灰色的木头形状的东西上。这个东西大约一米长一点，男孩想：一截又粗又短的木头，放在那儿会有什么用处呢？没有河狸会浪费时间将很长的木头加工成这种长度，而这附近也没有伐木工人。突然，男孩心中的疑惑消失了，那截"木头"动了，只是

轻微地动了一下，却没瞒过男孩的眼睛。那根本不是什么木头，而是一只灰色的大猞猁！它正缓慢而又势不可当地沿山坡向下匍匐前进，它的目标就是那群毫无戒备之心的湖中小民。

怎么办呢？男孩举棋不定地注视了约十秒钟，随后，

他便看到猞猁绷起全身的肌肉，准备发动袭击。杰布也惊呆了，男孩没来得及给他任何暗示，就迅速地举起猎枪，然后开枪。正是寂静的夜半时分，刺耳的枪声把眼前的场面彻底打乱了。受惊的河狸四散冲到湖水里的声音，猞猁的尖叫声，混杂在一起。猞猁蹿向空中，接着倒在一旁死去了。这时，杰布发出了一声惊叫，身后灌木丛后树枝间传来一阵杂音。男孩得意扬扬地转过头去，他发现杰布的惊叫并不完全是由他精准的枪法引起的。他们同时注视着一只大黑熊的背影，看它在惊慌中笨拙地穿过灌木丛离开了。熊也许和那只倒霉的猞猁一样是悄悄地跟踪着河狸而来，却发现了趴在地上的两个观察者，差一点就对他们发起进攻，男孩的一枪不仅救了河狸，也救了他和杰布的命。

灵犀一点

男孩救了那些夜间劳动的河狸们，也救了自己，他是一个有爱心的人。我们都要做富有爱心的人，好好对待身边的一切事物，善待他人就是善待自己。

第十章 良心不安的行动

　　然而，走到坝头他才想到，如果现在就凿，这么重要的事河狸们不可能等到晚上才动工……

　　男孩把猞猁软绵绵的身体搭在肩上，穿过洒满月光的林间小路，和杰布一起朝着营地凯旋。他以为自己的盛名会在这个优秀的山林居民眼中高升，但杰布只是沉默不语，沉默得如荒野一般。直到两个人又下了一道坡，他们临时居住的棚屋映入眼帘时，山林居民杰布才开口说话："知道吗？你刚才那枪开得太漂亮了！快如闪电，而且准确无误！"

　　"我只是侥幸罢了，杰布！"男孩漫不经心地答道，试图显出谦虚得体的样子。

　　杰布知道男孩嘴上这么说，内心还是非常引以为荣，他有点恶作剧地想挫一下他的骄傲，带着嘲讽的语气说："你不是不杀生的吗？"

男孩反驳道："那是正当防卫！那些河狸可是我的。再说了，我也一直想弄一副好猞猁皮呢！"

"我又没怪你支持河狸，"杰布接着说，"它们的确挺好！刚才我们看到的，简直比马戏表演都精彩，我从没这样过瘾看过。"

"既然这样，杰布，你至少也该答应别再捕河狸了！"男孩趁机说。

"好吧！"杰布一边答应着，两人走进营地，铺起睡毯来，"至少，我会尽我所能确保河狸不被伤害，还会保护你的湖。"

第二天清晨，男孩对正要去勘探木材的杰布说："今晚愿不愿意去湖边看看，我让你见识一样与众不同的东西！"

"去呀！"杰布爽快地应道。

"那你得比平时早些回来！"男孩说，"我们要提前埋伏好，这次是个新地方。"

"那好，不等太阳落山我就回来。"杰布说完，甩开麋鹿般轻快的大步子离去了。不多过问别人的计划是杰布的山林生活遵守的礼节，但整日的孤寂中他都按捺不住内心

的好奇。杰布走后，男孩直接沿着小溪走到了大坝那里，这次，他没有刻意隐藏自己。对于自己的计划，他心里感到很不安，但他又自我安慰：自己给予那些湖中小民的保护，足以抵消可能对它们造成的伤害。他想在坝上凿个口子，只为观看河狸们如何将其修补一新。然而，走到坝头他才想到，如果现在就凿，这么重要的事河狸们不可能等到晚上才动工，他们也许会花上一整天时间一毫一厘地修补，神不知鬼不觉地赶在他和杰布到来之前就完工了。对于河狸们如何应对像破坝这样险峻的危机，他简直一无所知，也不了解它们的速度。于是，为了不使河狸们过早地动工修补，他决定午后再实施计划。现在这段空余时间，他可以探探湖塘上游的溪流，寻找其他值得研究的群落。

男孩从湖塘的一侧绕到前面，穿过草甸，越过沟渠，来到小溪前约五十米的地方。他看见水流轻快地在两岸间流淌，水下遍布着花岩，猜想这附近的景色大概也基本就是这样吧。当他再次来到低地时，只见眼前横着一个小坝，坝高不过四五十厘米，上面有个水很浅的小湖塘，并没有河狸居住的痕迹。无论在湖中或是岸边，都没看见河狸屋。他觉得河狸们不会无缘无故地建一座坝，正纳闷时，只见远处小湖对面另有一个坝，比这个要大得多。他赶忙前去一探究竟，发现这个坝有一米高，坝上有一个窄而深的水塘，两岸也比较陡峭。他沿岸数了数，共有三个矮顶屋，水塘中央则一个都没有，他判断河水暴涨时两岸狭窄的堤之间一定是巨浪翻涌。那道矮坝显然是为了削减水的压力以便保护高坝而建，而三座水中屋沿岸而建的原因是那陡岸为堤洞提供了特殊便利。

男孩的探险激情高涨，他怀着热望溯流而上，兴奋地期待着下一转角可能出现的风景。而事实上，他又走过了好几个转角，没再发现什么新奇的东西，好在也没有失望，毕竟河流蜿蜒流动，风景不错。在离塘前大约四百米的地方，男孩发现了一处稀疏的赤杨洼泽。这儿的溪水刚刚漫过堤岸，原因是河道中央的局部堵塞。最初看时，好像是一簇偶然堆积的残枝、碎石和烂泥而已，等到再次仔细看来，他的心随着激动与喜悦狂跳不已。原来这儿是另一口湖的源头，也是另一座新坝的基底。他会在此观看到绝大多数野地学者都没机会看到的情景，也就是河狸们大兴土木的具体步骤。附近那些笔直茂盛的赤杨大都被砍倒了，被砍的树通常至少三到六米高，大多数仍躺在原地，少数几棵却被拉到溪口，用石子和草泥稳稳固定在水道上。男孩怀着强烈的崇敬之情注视着，只见那些树都极有规律地顺水排开，底端朝着上游，树冠朝着下游，这样的排列使得水流对树木冲击的影响减到最小。

　　男孩曾经听说，河狸筑坝时通常先砍下一棵树横放在河道上，再往上堆砌些材料，修成基底。但眼前这系统完善的工程，显然比传说中的建造方式更坚固持久。况且，在近溪处有一堆高高的黑灰，完全覆在上面，当然也是为了大坝更加坚固。他在附近选了一处干燥的灌木丛，作为晚上与杰布的藏身之所，然后就回到营地，点燃篝火，独自炒了两块肉，冲了一壶茶，吃完后在棚屋中躺下，开始睡觉，当他醒来时，发现太阳离落山也就还有两小时了。睡意蒙眬的他赶紧起身，走到溪边，用冷水洗了洗脸。接着，他没拿猎枪，而是操起一把斧子，回到了溪头的坝上。

当他靠近时，只见一只河狸肩上驮着粗树枝从水中游过。不远处，还有一只大河狸趴在草地上，三只小河狸在它身上嬉戏，很显然那是它们的母亲。他想到即将对这些辛勤可爱的小民造成的麻烦和焦虑，顿觉良心上非常不安。然而，他实在无法按捺住渴求知识的欲望，只好尽力在以后弥补吧！男孩抡起斧子用力向大坝砍下去，反复猛力推拉了几下子，终于在大坝的上部弄出一道豁口，一股浑浊的水流混杂着泡沫从中泻出。他知道，水位的下降马上会向那些水中之屋的居民发出警报，召唤它们出来一探究竟。紧接着，黑夜一降临，两大河狸家族便会聚集在一起，共同修补豁口。

灵犀一点

人与动物都是地球上的生灵，应该和谐相处，彼此尊重。男孩对自己通过破坏大坝了解河狸的行为感到良心不安，但他是为了通过实践获得知识。实践是检验真理的唯一标准，要验证真理就必须进行实践，有时候实践比知识更重要。

第十一章　堤坝的修复和建造

池水已经降了将近三十厘米，河狸们正急不可耐地抢修裂口。刚一入夜，湖塘低洼处就漩涡四起，露出来十几只脑袋……

男孩躲在附近的灌木丛中，看着水位缓缓下降。然而，等了大约半个小时，也不见河狸的动静。又过了一会儿，终于从豁口的不远处爬出一只大个子的河狸，它仔细勘察着毁损之处，很快便没了身影，又来了另一只，只匆匆看了一眼，就消失了。几分钟后，远远地在池塘上浮出几根枝叶茂密的树枝，它们好似之前一直被固定在湖底，刚刚被松了绑浮上来的，它们浮在水面，朝着大坝游去。抵达豁口时，几只河狸将头探出水面，把树枝横到裂缝上。至于树枝是如何固定稳当的，男孩没有看清楚。河狸放上树枝后，又查看了裂口的损坏程度，就离开了，很显然这只是个临时工程而已。男孩感到有些疲惫，便回到了营地，等待杰布回来和夜晚的降临。

勘巡木材的杰布回到了营地，他对河狸的热心绝不逊于男孩这个年轻的同伴，他将整日的劳顿忘得一干二净，兴致勃勃地听男孩说他看到的一切。两个人匆匆用过晚餐，赶在太阳落山前来到了湖塘。当他们抵达男孩在坝边找到的藏身处时，夜晚的第一颗星才隐隐出现在天上。湖面映着岸边树木迷蒙蒙、黑魆魆的倒影，如同一面幽影覆盖的镜子，分散的水流淅淅沥沥地淌过大坝豁口的声音打破了夜晚的宁静。

他们来得一点也不算早，因为池水已经降了将近三十厘米，河狸们正急不可耐地抢修裂口。刚一入夜，湖塘低洼处就漩涡四起，露出来十几只脑袋。汀屋上方出现了更多的断枝，都被匆匆拖到坝旁。之前塞入豁口的树枝被移开了，重新纵向放好，长着枝叶的一端向着水流的方向。几只河狸将其牢牢固定住，另有几只则从近处的岸边带来大量泥草，进行加固。与此同时，愈来愈多的树枝对号入座，都是顺着水流平行陈列。很快，水流的声音便越来越小了。紧接着，几根粗重的短木与长度更短的树枝缠结在一起，水流的声音便戛然而止。由于池中水位太低，水不

能从平日的暗口中流出，因此连平时悦耳的滴答、叮咚声也听不到了。到了这一阶段，河狸们开始使用更小的树枝，又用了些泥土和许多碎石，终于，坝顶达到了旧有的高度，除了水位低以外，再不见任何曾经被破坏过的蛛丝马迹。此时，河狸们不约而同地消失了踪影，只留下一只大河狸，它用鼻子在刚才修补过的大坝上嗅来嗅去，似乎每一寸都不放过，确认完好无损后，它也滑入水中。杰布与男孩不约而同地站起身，伸展麻木的双腿。

"我敢保证！"杰布热切地惊呼道，"这是我见过的最漂亮的工程！我们过去看看，也稍微帮它们检查检查！"经过检查表明，刚刚修补的那块地方是整个建筑最坚固的部分。湖水在别处可能还有所流失，但在此处，河狸们显然下定决心不留出口。男孩还想看看河狸在赤杨荫间新坝上工作的情景，就带领杰布从修好的大坝走向上游。为了不惊动河狸，他们远远绕过湖，小心翼翼地来到沼泽地。接着，他们像悄悄靠近猎物的水貂那样匍匐前行，全然不顾身下冰冷的泥泞。终于安全到达冷杉丛间，他们趴在干枯的针叶上稍微休息了一会儿。突然，一阵急促的水珠飞溅的声音传到耳边，他们马上忘记了疲惫。两个人悄无声息地缓缓移动，才发现这个埋伏之地选得真是巧妙无比，不但可以完美地隐藏自己，更能清晰望见近在眼前的新坝及其所有路径。只见两只河狸在坝基处忙得团团转，漫溢的水在它们周围涌动，覆盖了它们的脚。

大坝建到这一阶段，仍有大部分水从尚未紧致的结构之间溢出，使得顶部的工程畅行无碍。那两只河狸正把一株修长的桦树拖到相应位置上，桦树大约有三米长，浓密的树冠枝繁叶茂。直到把树墩指向上游，树干牢牢塞进先前已摆好的几棵树木之间，河狸建筑师们才满意。接下来，它们把那些更直、更难驾驭的枝条啃下来，编织进其他枝条之间，形成一团紧密相连的织物。至于它们是如何啃噬的，无论观察者有多细心，还是未能看得清楚。随后，河狸们又把泥土、草皮和细石盖在上面，目的是为了封住裂隙。

这边坝上河狸们正忙碌着，一阵枝叶哗哗作响夹杂着

水珠四溅的声音将观察者的注意力拉回到上游。一只河狸从水里游过来了，紧跟着又有一只，它们分别边游边拽着一根与先前一样的直树枝。看来，筑坝者并不满足于完全依靠周围那些稀疏蓬乱的桤木枝，而是需要在它们的基底用上一些更直更密的桦树条。河狸们对自己手头上的工作显然是胸有成竹，修筑大坝的工作有条不紊地进行，又来了一对河狸，它们一起热火朝天地推进工程，很快创造出了令人惊叹的成果。

灵犀一点

　　观察能力是我们必须具备的一项基本能力，有了这项能力，才能发现问题，解决问题，从而以更大的兴趣和热情投入到学习、工作与生活中去。

第十二章　悻悻而归

　　它毫无预兆地抛下石头，引得水花四溅。然后它突然一转身，势如闪电，猛地一把抓过杰布的手臂，这到底是怎么回事呢？

　　眼前的河狸让男孩想起了一个老印第安人告诉他的故事，这故事在他阅读过的所有自然科学史中都提及过，也只是作为故事来讲，并未经过严格考证，故事大意是这样：一对年轻河狸要新建一口池塘，一些年长的河狸便来帮着筑坝。眼前这些劳动者们显然大都行色匆匆，男孩想不出为什么会这样，也许这里的主人是最初看到的那两只河狸，其他都是帮工，它们中的大多数还要赶回去处理自己的事情。一旦水位控制下来，水深足以避敌，那对年轻河狸便大可自行竣工、筑房、觅食御冬了。男孩联想到了

人类社会：当邻居帮人立好新房框架的时候，为了庆祝通常会举行"盖房"聚会，在河狸的世界里也会这样吧，他甚至觉得河狸比人类更加稳重、冷静。

男孩和杰布大约观看了一个钟头的荒野施工，杰布开始感到疲倦起来，为保持身体一动不动而产生的紧张感让他兴致尽失。他自我感觉对于河狸如何筑坝已经了解得非常清楚了，没有继续待下去的必要了，便想回营地。他迫切地看了一眼身旁这张年轻的面孔，却看不到一丝倦容。男孩正热情高涨，他的眼中只有这群辛勤劳作、技艺娴熟、互助合作、令人惊叹的毛茸茸的湖中小民和它们面前迅速扩张的新湖，全然忘却了自己身处何境。这湖比他们刚到时宽了两倍，大坝增高了足足二十厘米，哗哗的流水声已经听不到了。

杰布看着男孩的脸，他的脸上只有专注，没有一丝一毫对自己的同情，也就不好意思请求离开。何况他一向是个信守承诺的人，既然已经答应过要听从男孩的安排，此时此刻，男孩就是他的长官。杰布忍气吞声，悄悄地换了个舒服点的姿势，动作轻得连身旁的男孩都没察觉到。随后，他再次目不转睛地望着河狸，努力提起对它们的兴致。令他惊奇的是，看着看着，他的兴致又回来了，眼前的一幕让他更加惊讶。河狸的数量越来越多，超出了他之前的想象，他确信自己听见了它们在发号施令，觉得那声音像是"密克马克族"的语言，真是太神奇了！他简直不能相信自己的耳朵。接下来，他看见河狸们并没用泥巴和草皮，而是用了较大的石头，它们拖着石头让其像软木塞子一般顺水漂下。他在漫长的山林生活中从未听说过这样的事。正当他要向男孩夸赞河狸无与伦比的智慧时，惊讶地看到一只特大的河狸顺着坝面正抬起一块与自己身体大小相似的石头，不料石头往下滑落了一些。随后，这只河狸便与石头激烈地纠缠起来，它的同伴都停下手头的工作，看着这只闷闷不乐的河狸痛苦挣扎，并发出一阵呼呼的喘息声。随即，它毫无预兆地抛下石头，引得水花四溅，然后它突然一转身，势如闪电，猛地一把抓过杰布的手臂。杰布从这惊险的一幕中陡然惊醒，才意识到是男孩正在摇晃他。

"你真是个观察河狸的好手！"男孩大声说道，觉得既愤怒又失望。

"怎么了？它们都去哪儿了？"杰布揉揉眼睛问，"它们是我听说过的最有趣的动物了！"

"有趣！"男孩嘲讽地驳斥道，"有趣得你都睡着了！响雷般的呼噜声让它们都以为地震了。今晚再不会有一只河狸愿意在这儿露一根毛了。我们还是回家吧！"

　　杰布不好意思地笑了笑，一声不吭，两人沉默着，悻悻而归，依然是男孩在前面带路，杰布跟在后面，两个人沿着原路返回营地。

灵犀一点

　　挫折磨炼了我们的意志，使我们一步步走向成功，我们应该乐观地面对挫折，并努力去战胜它。

第十三章 捕捉河狸之道（上）

我们不使用印第安人的阴招，但到时候我会把那些方法都告诉你。新式方法我们也不用。那会使用什么方法呢？

第二天吃早饭的时候，男孩的心情好了很多，杰布还为昨天晚上的事有点不好意思，便急于想通过别的事情来转移男孩的注意力。

他带着试探的口气说："你现在如果能不计较我昨晚的鼾声，我今天一整天不去勘察木材了，亲自带你长长见识。"

"好！"男孩回答道，"成交。你要带我看什么？"

"我带你去我的湖看看，就在邻近的山谷。然后，让你见识一下捕河狸的全部花样。"杰布回答说。

男孩的脸往下一沉。"捕河狸有什么好见识的?"他提高了声音说,"你是知道的,我不捕任何东西,如果一定要杀生,我就开枪,让它尽可能快地脱离苦海!免得受那么多折磨。"

"这我都知道。"杰布回答道,"但捕猎同样是你想了解的。你如果不知道捕猎,你就算不上一个全能的山林人。再说,如果你想保护那些可爱的小家伙,你还得先了解一下它们,有些知识是只能通过捕猎这个途径获得的。"

"你说的有道理,杰布!"男孩心悦诚服地回答道。为了得到知识,有时候不得不采用一些特别的手段,好在接下来杰布的话更让他松了口气。

"我只是教你怎么做而已,又不是真的捕捉!"杰布说,"真要捕猎,这时节还早了些。何况这是违法的,不但违法,还有悖常理,还得再过一个月,那皮毛才算好。只要是符合常理的法律,那我肯定不会违反。走吧!"他拿起斧子,沿着与小溪垂直的方向走去。

在外行人眼中,这里无路可寻,但像杰布和男孩这样的山林人则能轻松地发现被杂草和落叶掩埋的小路。杰布果断地迈着大步前进,男孩步履轻松地紧跟其后,两个人一前一后穿过浓密的森林。这里的森林整个夏天都浓荫蔽日,而眼下的季节不是红光闪耀就是一片金黄,枝头还有叫声清脆的小鸟跳来跳去。

　　两个人从一块硕大洁白的花岗岩旁边转过，正欣赏着头顶上微红微黄的枝叶，突然迎面跑来一只高大的公麋。这只麋鹿俨然如洪荒之世的怪兽，黑黢黢的身影令人望而生畏。然而，这怪兽并无心阻碍他们前行，只疑惑地打量了他们片刻，立刻蹿向树丛，落荒而逃。显然，他们的突然出现也惊吓到了麋鹿。

　　两个人又向前走了足足有五千米，爬上一道悠长的缓坡，又沿着一道更长更缓的坡下到另一座山谷。男孩发现，这一带地势较平，不计其数的小溪纵横流淌，陈年的河狸草甸荒废已久，零星散布在树木成荫的小山岗上，杰布说这里曾一度见不到河狸生活的迹象。

男孩问起缘由，杰布解释道："许多年前，河狸皮很值钱，这儿的河狸被大肆捕杀，大多是印第安人所为，他们扫荡了一切，拆了水坝，掘了河屋。好在那群小家伙们又回来了，现在河谷的更深处已经有了几个相当好的湖。"

"而今它们又要被扫荡了！"男孩高声道，气愤和怜悯之情涌上心头。

"绝对不会！"杰布回答说，"我们现在已经不那么做了，不再使阴招杀死它们全家，而只是从每一家中挑出一定数量的河狸，留着剩下的调整个两三年！"杰布还没说完，两人已望见一座修长低矮的水坝，坝后铺展的水塘几乎可以称之为湖。男孩目光敏锐，立刻从水面到处伸出的枯木中得知，这湖塘才新建不久。

"哎呀！"他低声赞叹道，"杰布，这个湖还真是不错啊！"

"这片湖区的河狸屋，绝不少于四座！"杰布告诉男孩，那语气就像他是这里的主人，对自己拥有的东西感到自豪，"我算了算，那里面差不多是三十到三十六只河狸。等到时机逐渐成熟，我就替它们精简一下人口，仅此而已！"

男孩老练的目光掠过坝顶，看见四座河狸屋，其中三座紧靠水岸，另外一座与它们遥遥相望。在外行人看来，那或许只不过是由流水冲积而成的一堆堆寻常树棍罢了。设计这些精巧寓所的建筑师们，过着并不妨碍人类的有趣生活，可它们有多少将要被人类杀害呢？想到这里，男孩忧心忡忡，但他又觉得，企图革新人类对于皮草的品位并不是他的任务，因此并未允许自己在这件事上忧思泛滥。河狸也是自然界的一部分，必须遵循物竞天择的自然规律，他专心细听起杰布的经验。

"当然，"杰布说，"我们不使用印第安人的阴招，但到时候我会把那些方法都告诉你。新式方法，我们也不用，你已经知道我们用的是铁制诱捕器，这些形式老旧、面口光滑的铁制捕器，什么都能捕，又不至于刮了皮毛。"

"没错，我了解你所有的捕猎器，还有你从捕麝鼠到猎熊用过的所有型号！"男孩打断他，"你对河狸用哪一号？"

"四号。"杰布答道，"器口开合十六厘米半，或者差不多大小的。捕猎地点和方法才是下套的法门！"

"那正是我想要知道的！"男孩说，"你为什么不直接用枪打那些小东西呢？那样更省时省力，它们还少遭点罪，不是吗？"

"至少在水中对河狸开枪是一点用都没有！到时候它会像石头一样沉下去。没办法，你只得设套，把它诱捕到

手。假设现在你要下套，你会下在哪里呢?"

"我会把猎捕器固定在它们家门口，"男孩立即回应道，"如果它们有水渠，就设在水渠边。也可以在它们的枝叶堆也就是储食堆四周设套。如果发现有被它们啃磨了一部分的树木，那我就会来个双重设套，就设在它们啃咬树干的立足之处的两边，用树叶遮盖着，每边一个。"

"太好了!"杰布真诚地称赞道，"你一定可以成为一个一流的猎手，你说得很正确。你说的这些，以前的捕猎手都曾用过。但是还有一两条妙招能捕杀更多猎物。再说，如果你在陆上捕河狸，它总有可能会逃脱。陆地上总是有很多东西供它抓住，从而使它得以用力挣脱，它还可能为了脱身把腿生生拧断。你知道，如果是细小的前腿，它们是一定会扭断的，甚至有时也会这么对自己的后腿。我捉到过许多没了前腿的河狸，它们的伤处重新长满毛发，它们和那些健全的河狸一样光洁，一样活泼。我也捉到过没了后腿的，它们也很健康。我告诉你吧，河狸很能忍耐。假设你有时候捕到一只河狸，捕得太快，它们根本来不及逃脱，你也没来得及去捉，多半会有山猫、野猫、食鱼貂或狐狸，甚至可能有熊前来把它当了美餐。因此，还是在水中捕捉河狸更合适，你渴望在水里捉住它，它们也那么渴望去水里，大家刚好各得其所。"

灵犀一点

　　人的一生总在得失之间，在得到一些东西的同时，也往往会失去另外一些东西。只有认清了这一点，才不至于贪得无厌，也才能生活得更快乐、更明智。

第十四章　捕捉河狸之道（下）

印第安人把死去的河狸捞出来，重新换上细木条，等着下一只河狸来自投罗网，结果会怎样呢？

"好！"男孩说道，其实他并非觉得杰布的做法好，只不过是为了表示他在听。

"但是，"杰布继续说，"你觉得怎样做最能引得河狸焦虑不安，然后连防备都顾不上呢？"

男孩考虑了一会儿说："毁它们的坝！"他试探性地答道。

"完全正确！"杰布回答道，"那么现在，为了牢牢逮住河狸，需要在它们的坝上弄两三个口，然后，沿着上坡的地方，在离开豁口稍微远点的地方下套。它们忙活着修补裂缝时，一定会踩中圈套，这一招可是屡试不爽。你用铁链把捕猎器拴在一个木桩上，扎入水下一米左右，然后将另一个木桩扎在离第一个大约半米的地方。等到河狸发现自己被捕了，就会直直潜入深水中——这是它摆脱绝大多数麻烦的方法。但这次，它发现这一招不管用，捕猎器像咬着似的，紧紧箍着它。它一挣扎，铁链就会全缠上那两个木桩，直到把它活活淹死，它也就完好无损地落入你的手中，什么山猫啊狐狸啊谁都吃不到！"

"那么，看见一个伙伴这样惨死了，"男孩说，"我猜其他河狸也都该撇下破坝，纷纷逃跑了吧！每一只河狸都会怕得要命吧！"

"你想都别想，它们才不跑呢！"杰布答道，"水坝是它们最在乎的东西，它们只顾着继续忙碌，就算牺牲湖中一半的河狸，它们也要把坝修好。毫无疑问，在坚守水坝上，它们是伟大的。"

"这么做对它们似乎不太公平，不是吗？"男孩心怀怜悯，低声嘀咕着。

"可是这个办法好，又快又准！"杰布接着解释道，"到了冬季，你要是不想像印第安人那样一整户一整户地扫荡，还有另一个又快又准的方法。你在近岸的冰上凿个洞，然后找来一根长势良好、枝粗叶绿的桦树枝或者柳树枝，把小的一端探入冰层下的湖水中，再把大的一头削

尖，深深插进岸上的泥土里，这样，河狸就拔不出来了。你就在冰层这一端附近下套，河狸在冰下游着，忽然看见这些青绿的枝叶，就会高兴地认为碰到好吃的了。于是，它赶紧在近岸处啃咬起来，还想带回家让全家人吃。它无法避免地踩中圈套，结束自己的一生，但其他河狸还会来抢这根树枝，结果也都一样！"

"你说过印第安人有许多捕杀一整家河狸的方法。"男孩这样提醒他。杰布也许是有些累了，他沉默了好一会儿才接着说下去："对呀，印第安人的方法很多。他们好像觉得，河狸是永远捕杀不尽的，一整家一整家地捕杀，哪里知道那其实是杀鸡取卵。其中一种方法就是先选好岸洞，也就是河狸在岸上的巢穴，然后砸开河狸的水中之屋。你要明白，这是在冬季，整个湖面都结着冰。河狸在这个时候被赶出水屋，就会直接朝着岸上的巢穴奔去。在巢穴里，它们一定会把头探出水面呼吸。这时，印第安人只需要把洞口钉住，然后掘开巢洞，河狸先生及其一大家子就被一网打尽了。"

"简单又迅速！"男孩用带着嘲讽的赞许评论这个方法。

"这还不是印第安人最下流的手段，"杰布继续说，"最下流的是他们会在树枝上做手脚。你知道的，河狸把过冬的食物储藏成堆，那一堆堆翠绿的树干和枝条就放在离家不远处。印第安人在冰层下找到这些储蓄堆，然后在冰上凿孔，在储蓄堆周围扎入木桩做成栅栏，栏距十分狭窄，连一只河狸也通不过。接着，他在靠近河狸屋的地方拔掉一根木桩，换上细木条。水中屋里的河狸们饿了，其中一只前去储藏堆中取根树枝带回家，却发现储藏堆全被篱笆隔开了。但它总得找点吃的吧，有细木条的地方，是它唯一能进去的地方。而在冰上翘首以待的印第安人，一看见木条被触动，就知道河狸已自投罗网了。他在装细木条的地方重新换上木桩，被困在里面的河狸进得去出不来，就被活活淹死了。当然，也许是被累死的，它不停地挣扎着要出来，气力尽了不得不放弃。印第安人把死去的河狸捞出来，重新换上细木条，等着下一只河狸来自投罗网。用不了多久，一家子就都被捕尽了，河狸必须去储物堆拿吃的，否则也是在它们的水屋里活活饿死。"

"可怜的河狸！印第安人让它们死得太惨了！"男孩几乎要落下泪来。"杰布，你不那样猎捕河狸，我真高兴！"男孩说，"不过，你要告诉我这些，何必这么远带我来这里？你可以在我的湖那里说的。"

"我只不过为自己不去勘察木材找个借口，"杰布笑笑

说，"快走吧！其实，这里还有更大的湖，我再带着你去看看。"

灵犀一点

有一种美丽叫善良，那是开在人性上的高贵之花。男孩是个心地善良的人，他觉得即使捕杀河狸，也应该尽量减少它们的痛苦。

第十五章　水下的冬天

有一个夜晚，湖区里来了一个威力无穷的敌人，这是一只性情凶残、行动缓慢的狼獾，它要干什么呢？

男孩和杰布在这个河狸的部落停留了三天多，除了睡觉，他几乎时时刻刻都能发现有趣的事。白天，他仔细对比不同的湖泊和水坝，测数据，画图解；晚上则去不同的湖泊，躲在隐蔽的地方观察，因而学到了大量关于这些湖中小民做事规律和生活习惯的知识。男孩还用木头做了一只简单的筏子，他在湖中划着木筏仔细观察那些河狸的水中之屋。他记录了此处河狸在夏、秋两季的生活，整个笔记本都写得满满当当。

终于，杰布走遍了他要走的山林，完成了木材勘察的工作，男孩也实现了他观察河狸的愿望。两个野营者收拾

好行李，背好背包，开始了回家的旅程，他们要走上三天才能到家。

　　肃穆的秋天又一次开始静静降临，落在河狸们栖息的湖面上，落在一路浅吟低唱的小溪上，也落在湖中那些低矮的圆顶屋上。男孩的湖里，那小小的河狸聚居地变得异常活跃，河狸通过灵敏微妙的本能感知到冬天会提前来临，它们要加快速度囤足食物。拓展新沟渠的工程完工后，河狸搬运食物的工作就更加容易了。每天晚上都有树木倒下，不断扩充的树枝堆足以确保它们能吃到明年的春天。等到为抵抗春洪冬汛的水坝加固工作完成的时候，已经降了好几次大雪，湖水也有一半被冻住了。于是，河狸们急忙找来大量的泥浆和草根，将它们厚厚地涂在房屋圆顶上，直到看起来不再像是树枝堆建起来的，而像个庞大的蚁丘。这项工作完成后，真正的严寒就降临了。一个夜晚，湖面结的冰层达到了好几厘米，水中之屋的屋顶上覆盖着一层冰壳，坚如磐石。

　　霜冻严寒持续了好些日子，河狸们那坚如磐石的屋顶越来越厚，足有三十厘米，湖面结的冰也有这么厚了。紧接着，羽毛般轻柔的雪花从无风的空中密密地飘落下来，下了一天一夜，如毯子一般覆盖了整个山林。河狸们躲在温暖的家中，享用着充足的粮食。除了人类，其他敌人根本侵害不到它们。它们舒适地隐居在狭长的房屋里，完全不用理会外面那一片雪白耀眼的苦寒世界。

当冬天变得更为严峻时，山林间也是危机四伏。猞猁、狐狸和被人们称为"黑猫"的鱼貂都饥肠辘辘，它们游荡在树林中寂静苍白、纵横交错的小道间。这些动物都想饱餐一顿肥美的河狸肉，它们也知道这些被雪覆盖的矮土堆意味着什么。在每一所房屋的屋顶，聪明的河狸建筑

者们都留下了几个细小弯曲的空隙作为通风口，屋里面温暖的空气通过这些小小的烟囱口穿过上面的积雪，像蒸汽一样飘出来。不时有猞猁或狐狸循着这股蒸汽跑过来，饱受饥饿折磨的它们贪婪地嗅着其中馋人的香味，对食物的极度渴求会促使它们很卖力地往下刨雪，刨开大约一米的积雪后，它们才会碰到坚如磐石的房顶。一碰到这里，它们会疯狂地抓挠，但最终也只是徒劳，只有"丁"字斧一

类的东西才能攻破那一层磐石般的防御系统。河狸们几乎意识不到敌人对它们房屋发起的进攻，安心地待在温暖黑暗的屋子里啃食着树枝。

河狸的房屋里面干燥整洁，整个家庭就餐产生的垃圾都会被小心翼翼地清理掉，甚至连湖中距离房子很远的入口都保持得干干净净。当屋里的食物吃完了，一只河狸就会沿着地道滑到黑暗的湖水里，滑出地道后，借着湖泊里的微光一直走到树枝堆旁。它选好一根合适的树枝后，就会拖回屋里，从主入口进去一直拖到干燥黑暗的房间里。等到柔嫩的树皮啃食完之后，河狸会把光秃秃的树干运走，存放在水坝上。水下的生活安逸闲适，河狸们都长肥了，而在严寒的冬天，除了豪猪和熊，其他野生动物都因为饱受饥饿而变得消瘦不堪。河狸们每天除了进食睡觉或偶尔做一些运动，再没别的事可做，它们的运动只是在银白色的坚冰下迅速地游来游去。

然而，有一个夜晚，湖区里来了一个威力无穷的敌人，它是一只性情凶残、行动缓慢的狼獾，它来到这里也许是因为心血来潮。当它探测到水边掩藏着河狸之家的雪堆时，那凶恶犀利的双眼便立刻放光。狼獾根本不用借助从通气孔里散发出来的淡淡的水汽，就知道有河狸住在下面。它强壮有力的前臂和爪子只用几秒钟就能扒开积雪，其他饥饿的猎食者也用这样的方式做到了这一步，但总是和目标相隔甚远，最后只得无功而返。狼獾却不会轻易退却，它用灵敏的鼻子嗅出通气小孔的位置，然后用爪子朝细孔里面捅戳，方便自己掘出一些冻土碎片。

如果它能耐心地持续努力工作一天甚至更多时间，这个凶猛的挖掘者也许能够成功地进入河狸的房间，然而它并没有坚持到底的毅力，往往挖上一会儿，就会停止工作。即便它真的成功了，没等它见到河狸，河狸肯定早已逃到堤岸下面的地洞里避难了。此刻，它正全神贯注地进行着挖掘工作，似乎只是为了好玩，想要给房子里的居住者们带来片刻的不安宁。这时，银白色的月光下，正好有一只巨大的猞猁悄悄地穿过幽暗的树影走来，它看到了一只并不熟悉的动物的臀部，发现这家伙正忙着攻克一个难题，是它自己之前努力过却没解决的难题。眼前这个陌生家伙的体形明显要比自己小，并且还处于一个不利位置，猞猁考虑到这两点，又想到它正企图偷捕属于自己的猎物，便怒气冲天。猞猁静悄悄地匍匐前行，肚皮贴着积了雪的地面，双眼燃烧着怒火，它猛然一跃，张开爪子，正对着狼獾的尾部扑去。紧接着便传来了令人恐惧的尖叫、怒吼和撕咬声，这声音传到河狸的耳朵中，吓得它们急忙躲进堤岸里的地洞。狼獾集勇气和力量于一身，在通常情

况下，肯定会在和貂獾的争斗中大显身手。但是这一次，当对手对它发动强劲有力、快如闪电的攻击时，它正埋头忙着做事，因而取胜的机会很小。几分钟后，貂獾那能开肠破肚的尖锐的爪子就将它撕裂成了碎片，狼獾对河狸的入侵就这样结束了。

就在这时，又一个危险正从远山那边沿着海边的低地潜来。两个善于设陷阱的混血猎人为了寻找新的猎场，已经从大北半岛来到了这片满是湖泊和水坝的富饶之地。河狸从没料想过他们的入侵，也就很难逃脱他们的魔掌。

灵犀一点

河狸建筑的水中屋几乎能抵御一切野生动物的入侵，却对付不了诡计多端的偷猎者，偷猎者不择手段地伤害河狸的行为是卑鄙的。做任何事情都要遵守规则，否则会受到相应的惩罚。

第十六章 拯救男孩的湖（上）

他根本不屑和眼前的毛头小孩对话，转过身又跪着继续钉木桩，而那个一直不肯说话的人则靠着斧子站着，凶神恶煞地打量着男孩……

伐木工人在初冬时节进驻到了杰布之前巡视过的山林，他们将营地扎在小溪下游，距离男孩和杰布以前搭建的临时棚屋约三千米远。杰布和伐木工人住在一起，成为他们的领袖。他目前对设陷阱捕猎没有兴趣，因为皮毛的价格还没升上去，况且这个冬天伐木看起来能赚更多钱。杰布在伐木工人中很有威信，再加上大部分工人都知道那个有着"奇思异想"的独特男孩，当杰布恳求他们尊重男孩的湖和湖里的河狸，并保护它们不受侵害时，大家都爽快地答应了。实际上，当夜晚时分，大家围坐在烧得通红

的火炉旁，听着杰布讲述他跟男孩几个月前在湖边的有趣见闻时，这些直率鲁莽、心胸开阔、喜欢喧闹、不信神灵却又情感细腻的工人们都十分乐意将整个湖泊群都安置在营地的特殊保护之下。至于男孩的湖，更是要不惜一切代价来保证它的安全。

圣诞节后不久，男孩找机会跟随为伐木工人送物资的队伍到了营地，也借此访问营地。男孩父亲的一个朋友就是这家大型木材公司的老板并拥有这些林地，他很爽快地答应了男孩前往营地的要求，男孩此行的特别目的是要看看他的河狸们在冬天过得怎么样，看看杰布是否真的能够保护好它们。

早上到达营地之后，男孩便立马出发去看湖。他穿了一双雪地靴，带上了他的温彻斯特猎枪，因为他坚信真正爱好和平的人也应随时做好应战准备。黎明的曙光刚刚亮起，伐木工人就出去工作了。斧子挥舞的声音微弱而清晰，飘荡在清晨凛冽的寒气中。男孩走在寂静的小路上，跟着雪地上留下的脚印走了约八百米的路。从那宽宽的脚趾印和后跟印可以看出，这应该是杰布穿的雪地靴留下的脚印，他想不出他的朋友沿着这个方向走去是要做什么，因为这里跟伐木的地方实在相隔甚远。杰布的脚印沿小路往左转了个弯，然后穿过了小溪，男孩则继续向前方无人踏过的雪地上行走。

很快，斧子挥舞的声音就消失了。男孩独自一人沉浸在这寂静之中。此时，太阳还未完全升过山顶，发出一道道橘黄的光束，照在层林覆盖的小路上。男孩的雪地靴踩在雪上，发出了清脆的嘎吱声。他凝神倾听着四周，那嘎吱声不免显得有些喧闹。男孩不由得放轻了脚步，好像怕他的脚步声会从白茫茫的原野中给他招来可怕的敌人。

突然，正前方隐隐约约地传来了斧子挥舞的声响，可是这里明明没有工人伐木呀！男孩立刻停下脚步，他发现斧子不是在砍树，而是在凿冰，凿男孩的湖上面的冰！这意味着什么？湖里面没有鱼，用不着凿冰捕鱼！

当意识到是有人准备设陷阱捕捉他的河狸时，男孩气得满脸通红，拔腿往前奔去。他知道绝不是营地里的伐木工人，肯定是某个陌生的捕猎人，还不知道这片湖是受人保护的。他边跑边想，愤怒渐渐平息下来。猎人向来都是正直懂理的，只要解释一下便能解决问题，何况附近还有很多湖里有河狸。

男孩穿过一排排被雪覆盖的低矮的冷杉树，终于跑到了湖边，他犹疑地停下了脚步。只见两个面容黝黑的男人正在雪地上忙活，男孩锐利的眼睛一下就看出他们是混血人。那两人距离河狸之家的主屋约二十步远，他们带了许

多木桩，绕圈打了很多洞。男孩想起杰布之前跟他讲过的印第安人设陷阱捕猎的方法，便断定这两人并不是普通的猎人，而是偷猎者。他们违反捕猎规则，将河狸囤积的树枝堆围起来，企图一举摧毁整个河狸家族。

男孩意识到眼前的情形即便算不上危险，也不好对付。他沉思了片刻，考虑回营地寻求帮助，只是眼看着其中一个偷猎者正跪着将木桩插进洞内，而另外一人似乎是在凿最后一个洞了，他跑回去一趟很可能会让一些河狸丧了命，愤怒和对河狸的怜悯之心使男孩决定马上采取行动。

男孩在雪地上向前走了几步，然后停在距离偷猎者约三十步远的地方。听到鞋子踩在雪上的声响，那两个人忧心忡忡地抬起头来，一脸怒气，跪着的那人立马站起身来，他们的不法勾当当然不想被人看见。

"早上好！"男孩彬彬有礼地问候他们。

听到男孩稚嫩温和的声音，看着他单瘦的身材和年轻的面庞，两人先前的忧虑马上烟消云散，只是秘密被人发现的怒气丝毫未减。"早！"其中一个人粗声回应了一句，另外一人却闭口不语。两人心领神会地交换了一下眼神，盘算着要怎样才能把这个不速之客的嘴堵上。

"我想请求你们，"男孩恳切地说道，"发发好心不要在这个湖上设陷阱了。你们一定还不知道，这个湖是我的，这里也不允许捕猎。这个湖是受人保护的，我不想我的河狸被杀害，一只都不行。"

拿斧子的人恶狠狠地瞪着男孩，另外那个打木桩的人则发出了一声刺耳的嘲笑。

"不想你的河狸被杀害吧，小家伙？"他回答道，"那好，那你就等着看，我们会告诉你河狸到底是谁的！"他根本不屑和眼前的毛头小孩对话，转过身又跪着继续钉木桩，而那个一直不肯说话的人则靠着斧子站着，凶神恶煞地打量着男孩。

男孩生性温和，此时此刻，愤怒却让他热血沸腾。他机警的双眼已洞察全局，并注意到对方的枪支并不在身边，而是靠放在他们身后岸边的一棵树上，离他们足有五十米远。"住手！"男孩大喝一声，语气里带着不容违背的

威慑力，跪着的那人不禁抬起头来，但脸上仍然挂着一丝冷笑。

"立刻离开这个湖泊，否则我会把营地里的人都喊过来。他们会把你们赶走，但不会像我这么客气。你们是偷猎者，到时候他们做的就不只是把你们从这里赶出去那么简单了。你们是选择照我说的做，还是让我把他们找来？"

拿斧子的人用法语吐了几句脏话，男孩没听清楚。蹲在木桩旁的人再次直起身来，阴险地笑了笑。

"小子，你站着别动，让我们把账算清，"他大声吼道，"你要是再挡我们的路，我们就不客气了！听明白了吗？"

灵犀一点

动物也是大自然的主人，它们的生命同样很宝贵，那些利欲熏心的偷猎者却从不会想要爱护它们。善良是心灵的灯盏，无论何时我们心中都要点亮这盏灯，固守内心的纯净。

第十七章　拯救男孩的湖（下）

我们不能让他们带枪走人，因为他们太卑鄙太残忍了，也许会躲到树后开枪打我们，那该怎么办呢？

偷猎者的恐吓让男孩怒不可遏，可他还是竭力保持镇定，眼睛也保持警惕。他意识到自己面临着巨大的危险，但他依然无所畏惧。

"好吧，既然你决定如此！"男孩慢慢地说道，"那就只能看看我的那些伙伴怎么说。"他边说边动了一下，眼睛一直紧盯着敌人，似乎要转身，其实，他做动作不过是乘机调整好猎枪的位置。

看到男孩的行动，拿斧子的人随即向前迈了一步，向上挥动斧子，男孩很清楚这意味着什么。他亲眼见过山林人扔斧子的情景，深知它们的速度和致命的精准程度。他

087

的小温彻斯特步枪的速度和精准也绝对不会认输，他更是对自己的枪法引以为豪，现在他已经把枪调到了最佳位置，足以打出完美的一枪。就在斧子即将出手的那个瞬间，传来了一声刺耳的枪响。偷猎者尖叫着咒骂了一句，手臂便垂落下来。斧子飞走了，与预期目标隔得太远，两个偷猎者见势不妙，随即转过身，想跑到岸边去取枪。

"停下，否则我还要开枪！"男孩大声喊道，心里除了愤慨，还添了一丝难堪，他不习惯这样威胁别人。被一个黄毛小子呵斥，两个偷猎者很恼火，他们又心存侥幸，不觉得男孩能连续打中两枪，所以他们并没有听从男孩的命令，而是继续往前冲。正当男孩瞄准他们的腿部准备再次开枪时，杰布从树后出现了，那里放着偷猎者的枪，男孩既惊又喜，如释重负。杰布抓过一支枪，重申了男孩的命令。

"立刻停下！"他毫不客气地喝令道，"举起双手！要不你们试试再扔一把飞刀，就像刚才扔斧子那样。"

两个人随即站住了，呆呆地站在那里，一个举起双手，另一个只举起左手，因为他右边的手臂刚才受伤了，只能耷拉着右手。他们知道自己无可辩驳，一切都是罪有应得。他们是违反法律的偷猎者，身材魁梧的山林人杰布已经目睹了他们向男孩扔斧子的全过程，任何辩驳都是徒劳而且会使情况变得更糟，他们只是用鼓鼓的小眼睛盯着杰布的脸。

"你刚才那枪真干净利落！"杰布夸赞男孩，而他语气中的惊讶赞美之情更让男孩兴奋不已。

"你打算怎样处置他们，杰布？"男孩征求杰布的意见。

"由你决定！他们是你的！"杰布回答说，眼睛一直盯着俘虏。

男孩用冷静而又孩子气的眼光仔细注视着两个偷猎者，内心兴奋不已，但并不喜形于色。他摆出一副习以为常的神情，好似自己不止一次抓住过不法之徒，他的脑袋不止一次被人扔过斧子，而他也不止一次开枪打穿过别人的手臂。当然，他心里依然对那个被他射中手臂的人感到抱歉。

"杰布，"男孩想了想说道，"我们不能让他们带枪走人，因为他们太卑鄙太残忍了，也许会躲到树后开枪打我们。可我们不让他们带枪也不合适，因为不能确定他们回家的途中会不会挨饿。更不能将他们带回营地，营地里的伙计们也许会对他们施以严厉的惩罚，我还不想让他们落到那样悲惨的境地。"

"还是不要交到那帮伙计的手中，"杰布表示赞同，

"他们可能会做得有点狠!"

听到这个,俘虏们的眼中闪现出了一丝希望。那个没有受伤的人说话了,他选择对男孩而不是对杰布表明诚意,因为善于察言观色的他看出了男孩的善良。

"放我们走吧!"他压抑住怒气,请求道,"我们发誓立刻离开此地,永远不再回来。"

"那你们得把枪留下!"杰布厉声道。

"我们只有这两支枪,没有它们就没法打猎,冬天怎么生活啊!"他不平地争辩着,眼睛仍是看着男孩。

"杰布,如果我们拿走了他们的枪,那还要他们起誓做什么用?"男孩不太赞成杰布的主意。他向前走了几步,并盯着偷猎者的眼睛说:"不,我想只要他们愿意发誓,他们一定会信守诺言的。伙计,你们的营地在哪儿?"

"往那边走,大约五千米远!"其中一个说,并向东北方向摆头示意了一下。

"如果我们把枪给你们,"男孩继续温和地说,"那你们两个愿意发誓从此以后再也不出现在这里,再也不在这个地方设置陷阱?你们愿意发誓说不会因为今天落在我们手里而在日后找机会向我或是向他寻求报复?"

"当然!"刚才说话的那个人满怀诚意地答道,"我愿意发誓绝对不那样做!既然你们能以礼相待,我一定不会寻求报复!"

"那么你也愿意发誓吗?"男孩转向之前拿斧子扔自己并始终缄默不语的人。

那个家伙不服气地怒视了男孩一会儿,然后瞥了一眼自己无力垂着的受伤的手臂。最终,他不太情愿地粗声作答:"好的,我发誓!我对你们发誓!"

"太好了!"男孩说道,"这样做对大家都好。杰布,你帮他们起誓吧。你比我要清楚怎么做!"

"好吧!"杰布耸了耸肩,意思是:"反正是你的主意,不是我的!"

于是,他分别给每人起了一个誓,用他们灵魂为之敬重的东西起誓,毫无漏洞可钻。起完誓后,就交还了他们的枪。两个偷猎者一句话也没有说,转过身直接朝着空阔的湖泊匆匆迈着大步离开了。男孩和杰布一直看着他们,直到他们的身影消失在森林深处。随后,男孩羞涩地微笑了一下,拾起之前那把飞向他脑袋的斧子。

"我很高兴他能把这个留给我,"男孩轻轻地说,"多少还能记得他!"

"记得那个卑鄙之徒!"杰布大声道,"要是我来处理的话,一定要把这两个家伙送进监狱!"

当天晚上,营地里的伐木工人听到事情的来龙去脉

后，都一度为放走那两个偷猎者的做法愤愤不平。但最后他们还是听从了杰布的话，也都同意男孩的做法更明智，有利于免除后顾之忧。为防以后再出现这样的事，他们用一块宽大光滑的木板做了一个告示牌，并把它钉在了湖边一棵非常显眼的大树上，上面写了这样的字。

告　示

此湖为男孩的湖，不许在此设陷猎捕。

若有人对此质疑，尽管来问劳勒营地。

灵犀一点

人不犯我，我不犯人，如果偷猎者不去伤害男孩的河狸，男孩就不可能开枪。与人为善，内心坦然。

有白色疤痕的雄麋鹿

第一章 失去母亲

眼前的情况不同寻常，在黑熊多疑的眼中，这时候就算是捕获一只小鹿也可能充满危险。黑熊消失了，小鹿吓得抖个不停……

春天的森林一派生机勃勃的景象，似乎连空气都是甜美的，一只母麋鹿却到了死亡的边缘。它不小心踩中了陷阱，被一块又大又沉的东西紧紧压住，缓缓瘫倒在地上，它因为痛苦不停地呜咽呻吟，任凭生命的气息一点点消逝。猎人把一块石头绑在木头上，吊在干枯的草地上方，压到了母麋鹿身体的前部，以致它的前肢跪在身子下，脖子伸得老长，连嘴巴都不能从湿润的沼泽地中抬起。母麋鹿的目光已经变得呆滞，鼻孔不停地喘着粗气，嘴边满是带血迹的唾沫，但它还是时不时地拼命尝试着抬起头，因为它是那么想舔一舔自己身旁的幼崽。这个小家伙刚刚出生不久，四肢微微张开，还站立不稳，它站了一会儿就趴在附近的草丛里。可是母麋鹿连头都抬不起来，更不可能给幼崽喂奶，它实在不知道该怎么办。

此刻，这只生命垂危的母麋鹿躺在森林深处的一条小路中间，这是一条半废弃的伐木工人行走的古老小道，向东一直延伸到春天灿烂的晨曦中。路边是新生的桦树和白杨，挨挨挤挤排列着，枝头都抹上了春天的第一笔嫩绿。远处的路上零星散布着一棵棵鲜艳如玫瑰盛放般的枫树，一株株肃穆浓绿的铁杉鹤立鸡群般耸立在周围茂密的低矮灌木中。清早的空气清新怡人，还带着花蕾初放时淡淡的香甜气息，若有若无的雾气在阳光中沿着布满苔藓的小径往上空飘散。两只雨鸟甜美而忧郁的鸣唱打破了山林的幽静，它们站在树梢上悠缓地一唱一和。柔和的色彩和空气，鸟儿们求爱的呼唱应和，世界因刚刚复苏而洋溢着希望和期盼，多美的景色呀！这一切都跟被困在寂静小路上掉入陷阱之中的母麋鹿和小鹿的痛苦如此不协调，更显出它们的凄凉和悲哀。

突然，从距离陷阱几步远的小道旁的灌木丛中传来树枝断裂的声响。小鹿虽然刚出生不久，也有着祖辈遗传下来的机警本能，它恐惧地竖起自己大而笨拙的耳朵，浑身

战栗着向母亲被压倒的身体紧紧靠拢。过了片刻，只见一只体形消瘦的黑熊从灌木丛中探出头部和双肩，用凶残狡猾的眼睛查看四周。此刻它正饥肠辘辘，它凭着嗅觉找到了这里，春季的荒野正是食物匮乏的季节，还有什么比一头小鹿更美味呢？熊眼巴巴地盯着小鹿，眼下的情形让它不敢贸然行动。母鹿显然是掉进了陷阱中，而熊对所有陷阱都非常警惕。它退回到灌木丛中，悄无声息地找了一个离目标更近的地方进行观察。眼前的情况不同寻常，在黑熊多疑的眼中，这时候就算是捕获一只小鹿也可能充满危险。黑熊消失不见了，小鹿吓得抖个不停，企图爬到母鹿被严重压伤的身上。过了一会儿，黑熊的脑袋再次出现，这次和设置陷阱的地方隔得很近。它用灵敏的鼻子嗅出了压倒母鹿的大木头的气味，此刻，只要它锋利致命的爪子扑过去就可得到小鹿，可陷阱上人的气味如此浓烈，熊的疑心还未解除，它还是不敢贸然行动。正当黑熊犹豫不决的时候，后面小道的拐弯处传来了脚步声，熊知道这声音意味着什么，有人来了！它想这里肯定有什么诡计，它愤慨万分，发出了一声嫌恶的咕噜声，便又退回到了灌木丛中，悄悄地逃离这危险万分的是非之地。熊尽管十分饥饿，还是不想与人一争高下。

这是个正要去伐木的山林人，他脚步匆匆走在小道上，转过弯后，立即停住了脚步。他看了一眼偷猎者设下的恶毒陷阱，便知道是怎么回事了。带着愤慨和怜悯之情，他向前走去，发现母麋鹿已经严重受伤，奄奄一息了，山林人用刀在受尽折磨的母麋鹿的脖子上划过，结束了它的痛苦。小鹿闪开了，站在那里紧张地盯着山林人，在恐慌和信任之间左右摇摆。

山林人犹豫了片刻，想了想接下来该怎么做。有一件事他能确定：决不能让设陷阱的偷猎者如愿以偿，肥美的母麋鹿不能留给他，再说，他那地处偏远森林的小家也同样欢迎新鲜鹿肉。他转过身，沿原路往回跑去，同时又担心在他离开的时候，会有一些刚从冬眠中醒来的饥肠辘辘的掠食动物来到这里。小鹿因为母亲一动不动、没有半点

反应而惊恐万分，在山林人离开时，它一直惴惴不安地盯着他的身影。

半小时过去了，这里安然无事。清晨的空气中依然透着寒意，渐渐升起的太阳带来了温暖，两只雨鸟还在一唱一和唱着各自悠长伤感的调子。小鹿一动不动地站着，带着野生动物特有的耐性，等待自己未知的命运。随着一阵链条的叮当声和沉重的脚步声，在小路转弯处又出现了刚才的山林人。他牵了两匹栗色大马，马身后拖着一辆简易拖车。小鹿在山林人靠近时往后退去，睁着大眼睛好奇地看着眼前发生的一切，山林人把那块硕大的木头搬到一边，它母亲那绵软无力的身体被费力地搬到拖车上。弄完这些后，山林人转过来温柔地向它走来，同时张开一只手臂。逃跑！这是小鹿的第一个反应。可如果逃跑的话就意味着远离母亲，犹豫了片刻，尽管小鹿鼻子里发出一声不安的哼响，它还是接受了山林人抚摸它的耳朵、脖颈和喉咙，被抚摸的感觉真是舒服，它所有的恐慌在瞬间都烟消云散。小鹿开始用自己又长又灵活的嘴巴随意拽拉山林人的袖口，用它灵敏的鼻子在山林人身上嗅来嗅去。看着小鹿在向自己表示信任，山林人满意地微笑了一下，然后起身离开，赶着自己的车慢慢地走上了小道。小鹿以为山林人要弃它而去，发出了一声嘶哑微弱、忧虑不安的叫声，然后迈开颤颤巍巍的长腿，跟在了拖车后面。

灵犀一点 ♥

　　山林人结束了母麋鹿的痛苦，并取得了小鹿的信任。信任是一切美好感情的基础，是人与人、人与动物相互沟通和交往的基础。

第二章 小鹿受伤

它欣喜若狂地往前一蹿，修长的腿跨过了门槛。当它
那硕大宽阔的蹄子碰到光滑的地板时，它便顿时四肢张开
滑倒在地上……

这个山林人就是杰布·史密斯，他无比欣喜地把小鹿
带进了家门，他的妻子从看到小鹿跟在丈夫脚边笨拙地跟
跟跄跄地迈入院子的第一眼起，就对这个来自野外的笨拙
年幼的小家伙没有好感。

史密斯太太说它肯定会喝光所有牛奶，事实确实如
此，在接下来的两个月中她都没有牛奶做黄油。她把对小
家伙的看法也毫无保留地说了出来，希望丈夫能把它处理
掉。杰布在这个问题上寸步不让，他并不和妻子争吵，只
是保持着他作为山林人的一贯作风，沉默不言。小鹿在长

到能吃草之前，喝到了它生长所需要的所有牛奶，它成长得很快，身体也十分健壮。秋天到来的时候，小鹿就已经长成了一只身形极大、皮毛油亮的年轻雄麋鹿，简直比一岁多的鹿还要高大。

杰布·史密斯是一大群伐木工人的带头人，他喜欢所有动物，喜欢饲养动物，也喜欢猎杀动物带来的快感，然而，这只年轻的小鹿是他的最心爱之物，其中部分原因也许在于史密斯太太始终对它充满敌意。这只笨拙的小鹿也全心全意回报他的爱，甚至到了有些令他尴尬的地步，不管在农场还是在家里，它总是像狗一样紧跟在他身边。要是杰布外出有事，他们分开一段时间，当杰布一回来，小鹿就会径直朝他奔去，全然不管横在面前的是醋栗灌木

丛、一排排豆子、卷心菜地或是晾着衣服的杆子。小鹿这
种费尽力气的直率并不能赢得史密斯太太的半分喜爱，甚
至还损坏了不少她的劳动果实。史密斯太太是个心地善良
的人，但她也做出了很多"恶毒"的计划，她曾在晚上睡
不着觉时，愤怒地计划着如何摆脱那只"丑陋畜生"。她
觉得自己受了那么多委屈，那些复仇计划一点都不过分，
所以她最终下定决心要在第二天用一根结实的核桃树枝将
它赶出牲畜栏。可等到第二日早上，她去挤牛奶时，小鹿
便会笨拙地起身相迎，眼睛里满是友善和信任，她的愤怒
便在那一刻消散了，"将它赶出牲畜栏"的计划也烟消云
散，她只能徒劳地骂一句："走开！"然后，她会为自己的
软弱找借口来安抚自己，想着等到将来某一天再来和它
算账。

这个"将来某一天"竟然很快到来了，比她想象的要
来得早。小鹿刚来的时候，经常进出厨房，而且想在厨房
安身，因为它害怕和杰布分开。史密斯太太当然不会同
意，杰布也尊重妻子的意见，为减少麻烦，他在厨房门口
临时安了一个铰链杆进行拦截，这样厨房门即使打开，小
鹿也进不去了。要是杰布不在身边，而小鹿又不知道去哪
儿找他时，它最喜欢做的事就是站在厨房门外，将它的鼻
子尽最大可能往里面伸，长长的耳朵殷切地摇摆着，眼睛

则全神贯注地看着史密斯太太做家务，她的一举一动在它眼中都是那样不可思议。尽管嘴上并不承认，其实在心里最深处，这个心地善良的女人对小鹿出现在门口并笨拙而又耐心地守在那里还是感到非常满意的。当她有了不顺心的事而又不得不维护自己良好的家庭主妇形象时，她就可以将心中的不快毫无保留地说给小鹿听，从而放松了自己的心情。小鹿看起来也并没有兴趣要做出回答，它是个绝对能保守秘密的好听众。

恰巧有一天，史密斯太太心情不好，她的情绪太过激烈，需要一个较平时更为激烈的方法进行发泄时，她刚好得到了这样一个机会。当时，她正在擦洗厨房地板，厨房门口堆放着擦洗用具，桶里面都是脏兮兮的肥皂泡沫，旁边是一把椅子，上面放了一盘鸡蛋。因为没有看到小鹿，门口的铰链便放了下来。她觉得又累又热，膝盖跪得酸痛，便站起身走到炉子旁，看看壶里的水烧开没有，好再弄一些干净的肥皂水。

就在这时，小鹿跑遍了整个农场寻找杰布，却哪里也没找到，它急匆匆地踉跄着赶到厨房门前，没有发出一点声响。铰链放下了，那么，杰布肯定在里面！它欣喜若狂地往前一蹿，修长的腿跨过了门槛。当它那硕大宽阔的蹄子碰到光滑的地板时，它便顿时四肢张开滑倒在地上。它

滑倒时顺带撞倒了那桶脏兮兮的肥皂水，污水四处飞溅，浸满了地板。与此同时，桶又撞到椅子上，把椅子打翻在地，上面那一盘鸡蛋四处飞滚，破碎得一塌糊涂。

史密斯太太目瞪口呆，盯着眼前这一幕乱糟糟的场景：破碎的鸡蛋、流溢的肥皂水、瓷碟碎片以及被吓坏了正挣扎着想要站起身来的小鹿。看了约一秒钟后，她发出一声歇斯底里的尖叫，飞转过身去，抓起炉子上的水壶，不管里面的水还在沸腾，用力将它朝着作乱者扔去，也不管扔得准不准。

小鹿这个粗心大意的滋事者应该还算幸运，尽管史密斯太太怒不可遏想要击中目标，却并没有打中它。水壶猛地撞在一条桌腿上，便摇摇晃晃地砸在了木墙上，然后碎裂开来落在地板上，让整个场面更加混乱得不可收拾。水壶从上方经过时，大量开水从里面溅出来，几乎全部飞向在地板上苦苦挣扎的小鹿的身体一侧。开水冒着水汽，闪着亮光，从小鹿左肩上端洒过一条长线，然后粘在小鹿短小光滑的皮毛上，似油珠一般。小鹿痛得发出一声尖叫，猛地站起来，飞奔到院子里。史密斯太太冲到门口，睁大眼睛盯着它，脑海中几乎一片空白。片刻之后，她终于醒悟过来，并意识到自己刚刚做了一件多么残忍的事。天呢！杰布会怎么看待这件事？她心想。

灵犀一点

管教动物应该和教育孩子一样，既要细心，又要耐心，不能一味地采用简单粗暴的方法。有时候，一个小小的失误甚至会引起一系列连锁反应。

第三章　白色疤痕

也许小鹿的伤口处又泛起了一阵更剧烈的疼痛，它大叫一声，从畜棚冲了出去，尾巴在空中飞扬着，它去了哪里呢？

史密斯太太为自己刚才的冲动行为感到由衷地内疚，她忧虑不安，内心充满了悔恨之情。她完全顾不上去想厨房混乱的情景，把一切都全然抛到脑后。她蹚过脏水，冲到装面粉的桶旁。她听别人说面粉能够缓解烧伤和烫伤。那恼人的小鹿现在必须接受治疗，就算要用完这一整桶面粉，她也在所不惜。她急忙从桶里舀出满满一大盘白色面粉，也不去管洒到地上的面粉。面粉洒了很多，地面上更加狼藉。她端着面粉冲出门外，跑到院子里去给小鹿上药，如果可能的话，她真想同时敷上她那颗自责的心。

　　此刻，年幼的小鹿正痛苦不堪、手足无措，它躲在畜棚最阴暗的角落里寻求庇护。当史密斯太太手持一盘面粉向它靠近时，它站在那儿，全身发抖，直直地盯着她，却没有想要躲开，这让行事过于鲁莽的史密斯太太心中又泛起了一股新的悔意。她并不知道，可怜的小鹿怎么也不会把它的痛苦遭遇和她联系在一起，它心里要责备的不过是那只又大又黑的水壶竟然莫名其妙地朝着它飞过来，它期

　　待着能从史密斯太太的手中得到些许安慰。在阴暗的畜棚里，史密斯太太看不清小鹿的伤势有多重。"也许水没有那么滚！"她带着希望低声地自言自语着，边哄边拽地将小鹿拉到有光的地方。然而，那一点侥幸破灭了。小鹿的肩膀后方显出一条很长的痕迹，上面的毛正在脱落。

　　"我马上救你！"史密斯太太带着深深的歉意喃喃自语着，一边开始轻轻地让面粉从指缝间漏过，上上下下盖满

受伤的地方。那轻细的粉末在当时似乎确实能减轻疼痛，小鹿一直静静地站着，直到所有烫伤的地方都盖上了一层白色面粉并紧紧地黏住。可是随后，也许小鹿的伤口处又泛起了一阵更剧烈的疼痛，它大叫一声，从畜棚冲了出去，尾巴在空中飞扬着，它穿过一片树木已被伐掉的空地，然后跑进了树林里。

"也许它再也不会回来。如果是那样的话，杰布也就不会知道了！"史密斯太太自言自语道，然后回去清理厨房。

史密斯太太没有猜对，傍晚的时候，受伤的小鹿回来了。它像以往那样，站在厨房门前等着。过了一会儿，杰布也回来了，这个细心的山林人一眼就看到了他心爱的小鹿身上的白色疤痕。他仔细查看伤处，用指尖试探性地碰了碰上面的面粉，然后回过头看了一眼他的妻子，眼神里满是尖锐的质疑。史密斯太太早已经回过神来，她想好了应对之计，她的受害者也并未对她流露出恐惧之情，这让她渐渐放下心来。她暗自考虑，还是不要告诉杰布真相的好。

"事情是这样的。你那烦人的捣蛋鬼趁着铰链放下的时候冒冒失失地冲进厨房找你，它打翻了一壶快要烧开的水，壶也打碎了，那水还是我要擦地用的。现在我又得马上买一只新水壶了，杰布·史密斯，你得想想这个问题！"

"把自己烫得这么厉害！"杰布喃喃自语道，"可怜的小东西！"

"我已经用我知道的办法尽全力救它了！"他的妻子带着受伤的表情说，"在它那不中用的兽皮上浪费了足足一升的好面粉！真希望它摔的是它自己的脖子，而不是我仅有的水壶。我那水壶真够大，完全可以在里面准备猪食呢！"

"嗯，我想你做得很对，曼迪。"杰布回答说，为自己之前对妻子的怀疑有些羞愧。"明天我去十字路口的市场看看，给你买一个新水壶，再买一些天然沥青用来敷伤。在面粉中再敷些沥青效果会更好，也可以远离苍蝇的干扰。"

"我想有些人除了给一只愚蠢的小鹿上药之外，没什么更好的事可做了！"杰布太太嘴上虽然这么说，但还是表示赞同，鼻子轻哼了一声，顺从的态度中夹着一丝苛责的意味。

也许是因为面粉和沥青真的产生了作用，也许是野生动物本身的健康皮肉急着清除自身的糜烂之处，不久之后，小鹿烫伤的部位就痊愈了。伤口留下的印记却不可磨灭，一条长长的白色疤痕从左前肩顶端向下延伸着，这并

没影响它很快长成一只棕色的年轻公鹿。

整个冬天，这只年轻公鹿都心满意足地住在牛棚，一起住的还有两只奶牛，另外主人还在里面放了一只红色公牛的牛轭。杰布每天都给它提供食物，优质牧草和一捆捆从桦树、白杨和樱桃树砍下来的枝叶，都是它喜爱的，这只年轻公鹿长得越来越健壮。

灵犀一点

杰布和他的太太都是心地善良的人，他们都非常关心小鹿的伤势，关心它的未来和命运。感恩和爱的桥梁通向光明的未来，让人们拥有更加美好的明天。

第四章　公鹿离去

随着秋天的到来，高大健壮的公鹿头上开始冒出两个尖尖的小角，它开始变得异常躁动不安，接下来会发生什么呢？

公鹿成为杰布农场中的一个重要成员，却除了吃和玩从没做过什么活计。也许为了让妻子能和他一样喜欢上这只鹿，也许是为了好玩，杰布决定训练它干活儿。

杰布开始训练公鹿拉箱型雪车和雪橇，发现它比马学得要慢，可它的温驯足以弥补迟钝，只要给它套上马嚼子，它就会乖乖赶路，但它坚决拒绝将马嚼子放在上下排牙齿中间。这只公鹿有着世上最亲善友好的特点，当它表达自己的友好时全然不会顾虑到自己身上套着的箱型雪车或是雪橇，杰布不管怎么教它，它都没改变。只要被丢在

111

旁边一会儿，它就会拖着身后的车跨过篱笆，或穿过浓密
交缠的灌木丛，只要那是到达杰布身边最直接的路径。

有一次，杰布怀着虚荣心驾着公鹿拉的车到了十字路
口的市场，他刚把车停下进入店铺，公鹿就下定决心要跟
随主人进去。尽管它本性温和，还是把车撞得稀烂。这一
次，它赢得了别人的敬畏，不过这是种不受欢迎的敬畏。
它用自己硕大有力的前蹄以闪电般的速度踢死了店主养的
一只体形巨大的杂种獒犬，因为那只獒犬没见过鹿拉着车
往店里闯，为了履行自己的职责，它肆无忌惮地在它面前
张牙舞爪。店主对于自己的损失心里非常难过，杰布不得
不赔偿五美元来安慰他。杰布通过这件事也终于认识到，
他心头最爱之物的价值不在于它的实用性，而在于它本身
就是一件奢侈品。从此以后，年轻公鹿再也没被当作马训

练过。杰布确实曾经给一只公鹿套上马具赶路，很多居民都亲眼见过，也曾引起了大家的围观和羡慕。

第二年初夏的时候，曾经的小鹿已经长成了一只体形硕大、肩高腿长的巨兽。别看它身材巨大，却性情温顺、举止拙朴，又能领会每个人的善意和好心，周围的每个人都不害怕它。可是杰布却是真的怕它，它对篱笆的用途没有任何概念，它也从来没学会花园并不是任由它随意躺下的地方，它带来的麻烦也就层出不穷。夏天逐渐来临，小鹿的身体也越长越壮，杰布·史密斯开始意识到他的心爱之物是一件昂贵得甚至令他窘迫的奢侈品，可对它的宠爱一点没变。然而，随着秋天的到来，高大健壮的公鹿头上开始冒出两个尖尖的小角，它开始变得异常躁动不安。后来，在十月第一轮满月的诱引下，它离开农场，茫然地开始了自己的征程，杰布为此伤心不已。

"尽管它长得那么大，它也不过是一只小鹿啊！"杰布满含忧虑地说，"它可能会被枪打中，这个愚蠢的家伙。也许它会误闯到老公鹿的领地被痛击一顿，那它就会回家找我们了！"

史密斯太太冷静地反驳道："杰布·史密斯，我看你才是个大傻瓜。"

转眼就是冬天，公鹿并没有回来，来年的夏天也没回

来，接下来的一年，再下一年仍旧没有。关于那只体形巨大、侧身有一条长长的白色疤痕的公鹿，不管是当地的农民、猎人还是伐木工人，都不知道它的下落。也许它随着自己的远征之旅到了其他偏远的地方，也许它因为经验不足，在野外遭遇到不幸而死去了。杰布更相信第二种可能。据他推测，如果不是死了，自己那笨拙的心爱之物肯定在离家不久后就会循着印第安人无处不在的足迹找到回来的路。

灵犀一点

　　小鹿长大后离开了爱它的杰布，开始了自己的征程。世界很奇妙，生活在世界上的生物千姿百态，生活方式也千差万别，人类要懂得尊重、宽容它们。

第五章 "唤引"麋鹿

杰布的话还没说完，他们身边附近的树丛里就响起了一阵令人吃惊的骚乱，两个人以闪电般的速度转过身来，他们看到了什么呢？

杰布·史密斯最主要的身份是伐木工人和农场主，他还是猎人的向导。在这方面，他有着无比精湛的技艺，如果有猎人想得到他的帮助，一定要付给他丰厚的报酬。在"唤引"麋鹿上，杰布被认为无可匹敌。他用桦树皮做成空管，这是他用来迷惑诱饵的工具，当他把嘴唇放在空管上轻轻吹起，就会发出一阵奇异洪亮的声音。那声音刺耳而又引人入胜，粗野而又温柔，同时又如此神秘，就像是荒野本身不可思议地在发声。那些经验丰富的猎人，尽管精通山林生活的种种技巧，也常常被这声音骗过，而更容易受骗的是性子急躁、生着高角的雄鹿，它一定会当成伴

侣求爱的呼唤，急切地跑到静谧幽僻、月光迷人的湖边。

　　有一位著名的猎人，用精准无误的枪法在世界各地赢得了兽角、兽头、兽皮等战利品并以此为豪，他用一面墙来陈列他的战利品。那面墙上有一只来自加拿大北部广大冻原区巴勒地的面目粗暴的麝牛头，有一只似乎还在龇牙咧嘴咆哮的奥里诺科美洲豹头，还有一只巨大丑陋、面目恶狠、长着两角的犀牛头，甚至还有来自阿拉斯加南部科迪亚克岛上的黑色硕大的熊头。有一天，这个著名的猎人发现他还缺一对硕大的麋鹿角，于是，他决定来到新布伦瑞克森林，这里能孕育出最优质的麋鹿角。

　　这个著名的猎人请求杰布·史密斯作为他的向导，他诱引杰布放弃了勘察木材这项乏味沉闷的工作，提出付给

他两倍的报酬，并保证如果猎到了大麋鹿，还会给他丰厚的额外报酬。

杰布带领猎人来到了森林深处，傍晚时分，他们悄然来到一个湖泊边，这个小湖处在树木葱郁的群山之间，在十月雾气弥漫的黄昏中就像镜子一般闪着微光。杰布和猎人隐蔽在水边一处茂密的树丛中，身边铺展开来的是一片狭长开阔、有水浸没的草地，草地中间有一条小溪穿过，一路流淌着伸向远方寂静的荒野，小溪边还有一块低矮狭长没有植被的沙地，它幽幽地伸入暗淡的湖面。

月亮升起来了，这是一轮还没有完全变圆的红月亮，它缓缓地出现在湖对面黑魆魆、崎岖不平的山脊上，这时，杰布才开始吹响唤引之声。他三次将桦树皮做的空管放到嘴边，悠悠的声音在水面上回荡。猎人蹲伏在杰布旁边，笼罩在树丛浓重的阴影下，别人很难发现他的存在。当那奇异魅惑之音响起时，猎人感觉到一阵振奋，两颊也生出一种刺痛的感觉。即使如此，他仍在想，也许眷顾野兽和猎人的牧神不仅照顾他，也会照顾那些被奇异之音召唤的皮毛蓬乱而又危险的追随者，而它们从某种象征意义的层面上说也拥有一半的神性。

然而，唤引的声音响过了三次，并未引起半点回应。杰布一直等到那依旧带着红晕的月亮几乎升到山脊的上方，才再次吹响唤引之声，接着又吹了一次，然后继续等待。突然，从正对面阴影中阴森诡异的水域里传来了一声尖锐的树

117

枝撞断的声音，就像是有人在用棍子猛烈地敲打着树枝。

"就是它！"杰布耳语道，"是个大个头，我可以肯定！"

杰布的话还没说完，他们身边附近的树丛里就响起了一阵令人吃惊的骚乱，两个人以闪电般的速度转过身来，迅速抬起他们的猎枪。与此同时，从冷风中隐约传来一股刺鼻的气味。

树林中的骚乱很快便平息下来。"喔！原来是只熊！"杰布咕哝道。

"哎呀，它离我们很近啊！"猎人说，"我本来可以用枪打它的！你觉得它对我们有什么特别的企图吗？"

"它把我当成了一只麋鹿，正打算攻击我呢！"杰布回答说。

对于熊被自己的唤引声所蒙骗，杰布看成是对自己技艺的一种认可，并因此十分得意。这位著名的猎人深深吸了一口气，很满意这个回答。他低声耳语道："你们这片看似温和亲切的新布伦瑞克森林其实跟非洲丛林一样惊险刺激！我敢打赌！"

"嘘！"杰布劝阻道，"它来了。要发狂了！我想刚才那喧闹声是另外一只雄鹿弄的，就在它前头。千万不要再说话了！"

杰布拿起长长的桦树皮空管又吹响了一次，这一次吹得更加轻柔，更加动人，但是其中透着一股神秘的不可言表的意味。可以清楚地看到一只雄麋鹿正从湖泊上头那边急匆匆地赶来，它停了下来！杰布又吹响了一次。一两分钟后，传来了一声短促响亮的咕噜声，似乎是表示回应，声音传出的位置与他们离得更近。雄麋鹿停止了横冲直撞的行进方式，它那庞大笨重、急躁冲动的身躯像黄鼬一般悄无声息地穿过树丛。在那一声回应后又陷入了绝对的寂静。猎人充满疑惑地看了一眼杰布被树的阴影笼罩着的脸庞，杰布用低得几乎听不到的声音说道："它来了。就在附近！"猎人握紧猎枪，内心无比振奋，也无比期待。

灵犀一点

　　一只雄麋鹿被杰布的"唤引"声引诱过来，杰布善于模仿动物的声音，能使经验丰富的猎人和野生动物都信以为真。一分耕耘，一分收获，杰布也是付出了很多努力才练就了这种能力。

第六章　久别重逢

这位著名的猎人脸色非常难看，当他渐渐了解了事情的经过，愤怒也平复了……

这时候，月亮已经高高地悬挂在天空中，没有树梢遮挡，没有雾气萦绕，不知何时它已经变成了蜜黄色。在月光的朗照下，那堆沙丘和狭小的湿草地看不到一丝阴影。在湖泊远处看不到亮光的地方，一条鱼跃出水面，引得水花四溅，清晰可闻。随后从湿草地那边浓密的树丛中传来了一声树枝断裂的声响，杰布悄悄地举起桦树皮空管，轻柔地弄出一阵含糊咕哝的声音。它突然出现了，如此出乎意料，如此悄无声息，仿佛它是瞬间立在了月光之下。这是一只身形巨硕的雄麋鹿，它站在月光下的草地上，头高高地昂起，鼻孔试探地嗅着，充满傲气。它那硕大的头上顶着一对又大又美丽的鹿角，像树枝一样伸展开来，如此

对称，这是杰布未曾想象过的。

　　猎人举起了猎枪，动作特别轻柔，几乎难以觉察，杰布只是看到暗淡的阴影中有细长的影子悄然移动。这只巨大的雄麋鹿站在月光下，庄严威武，浑身披着像幽灵一般的灰黑色，它身上有一个明显的印记，就算新手也会注意到。它满怀期待地凝视着，想要看到刚才叫唤过的母鹿。一根樱桃树枝阻挡了猎人瞄枪的视野，于是猎人悄悄换了一个姿势。他的手指弯曲着，刚要拉动扳机。就在这一刻，夜显得更加寂静，似乎透着一股危机感，雄麋鹿转过身了，左侧完全映照在月光下。它的左侧身下方有什么东西闪着银光，就好像它的肩膀上挂了一条闪闪发光的肩带。

　　杰布嘴里发出"嘘"的一声，同时将修长的手臂伸了

出去往上扳住枪管。就在这一瞬间，猎人的手指扣动了扳机，枪声响起，惊碎了夜的宁静，子弹呼啸着飞过树梢。雄麋鹿一跃而起，飞快地向森林深处跑去，像幻影一般消失了。杰布站起身走到空旷的地方，消瘦的脸上抑制不住地露出激动的神色。猎人跟在他身后，一言不发，惊讶、愤怒和失望之情一齐涌心头。他终于开口了，不像往日那样谦恭有礼。

"你——是——"他结结巴巴地质问道，"你那样做是什么意思？你到底想干什么？"

杰布突然平静下来，转过身去用沉稳的目光看了他一眼。

"现在，我什么都不干了！"他斩钉截铁地回答说，"我很清楚自己做了什么！刚才那头雄鹿，在它还只是一只笨拙的小鹿，连路都走不稳的时候我就认识它了。是我用奶瓶把它喂大的，我爱它。它四年前离家出走了。我告诉你，我宁愿看到你中枪也不愿那只鹿中枪！"

这位著名的猎人脸色非常难看，当他渐渐了解了事情的经过，愤怒也平复了。杰布也从初见那头鹿的激动中平静下来，能冷静地思考问题了，并且也觉得自己刚才的言辞不合适。

"我很抱歉让你这样失望！"他满怀歉意地说，"我想应该停止我们之间的交易。这个林区也不能再有捕猎活动，直到我把那只有白色疤痕的雄鹿赶到阿普萨尔基奇，

那是个动物保护区，在那里是不会有猎人猎捕它的！但我
会再给你找一个向导，跟我一样甚至比我还要优秀的向
导，找一个在林子里没有特殊朋友的向导，省得麻烦。我
会把你带到瑟微歌河那儿去，那里一直有很多大家伙可供
猎捕。除此之外，我也再帮不了什么忙了。"

"不，你能！"这个著名的猎人说道，他已经恢复了自
己的冷静沉着。

"能做什么？"杰布疑惑地询问道。

"你可以原谅我，原谅我发脾气，原谅我无礼的言
辞！"猎人一边伸出来手来，一边说，"我很高兴我没有杀
死你那令人惊叹的朋友，希望它能在森林里繁衍后代。我
也发誓不在这里捕猎了，我们去瑟微歌河那里吧！我还请
你做我的向导，希望你在那儿能帮我找到点特别的东西。"

灵犀一点

　　为了保护这只雄麋鹿，杰布宁可放弃自己即将
到手的报酬。金钱诚可贵，感情价更高，杰布对这
只雄麋鹿的感情不是金钱能买到的。感情是真挚
的、宝贵的，它像不灭的焰火，将我们的人生
照亮。

大雪天里的贪食者

第一章　觅食的母狼獾

母狼獾觅食范围很广泛，直到现在它才意识到在这个冬天，有一个叫"人"的动物闯入了它的领域，这意味着什么呢？

苍白荒凉的天空下，大雪终于停了，一片片洁白空旷的雪地绵延相连，一直通向遥远的地平线，雪原深处是一望无际的古老的冷杉林，树木呈墨绿色且各处枝丫上都沾着一团团雪花。林间有几条蜿蜒曲折的小路，缓缓地通向森林深处。

雪后的森林一片肃穆静寂，其中一条白雪覆盖的林间小路上走来一只行动非常谨慎的动物，它浑身长着深色的皮毛，体形矮胖，圆钝的口鼻部紧贴着雪地。它正在用灵敏锐利的眼睛和鼻子仔细勘察雪面，找寻着其他森林游荡者的痕迹。它的体形比狼或山猫甚至狐狸的都要小得多，但它自恃力量强大，并不刻意隐藏自己的行动，也不伪饰自己行走的路径，甚至毫不留心会不会碰上敌人。这种动物的能力确实非同一般，它比那些体形是自己三倍大的野兽还要强壮，它跟狐群中那些最精明的狡猾者一样聪明，它有着野外同类动物广为人知的顽强不屈、凶猛残暴的特性。它的名字多种多样，猎人们有时管它叫貂熊，有时叫狼獾，但更多的时候称它为"贪吃的家伙"或是"印第安魔鬼"。

这只母狼獾穿过寂静无声的森林，从容悠闲地游荡着，终于在森林的边界处发现了一只大山猫刚刚走过的痕迹。山猫的大脚掌踏在地上的印记比狼獾自己的脚印要宽上好几倍，它停下来仔细观察了一下，并未露出一点儿恐惧不安的神色。母狼獾最终下定决心追随大山猫的踪迹，因为它关心的是山猫都干了些什么事。

母狼獾循着大山猫的踪迹遁入白茫茫的冷杉林中，绕

127

过一堆被雪覆盖的乱石和到处散落的野果子，随后它来到了一个地方，上面的雪有被抓挠翻动过的痕迹，周围有溅撒的鲜血，它意识到山猫在这儿埋下了吃剩的猎物以备以后享用。母狼獾的双眼闪烁着贪婪的目光，它灵敏的鼻子很快就发现了猎物埋藏的准确位置，然后它便用自己短小有力的前爪迅猛地挖掘起来。在这个食物严重缺乏的季节，山猫吃饱之后小心翼翼地将剩下的猎物深埋起来。母狼獾往下挖掘，挖了很深才看到猎物脏黑的尾巴尖儿露出地面，原来不过是一只小蓝狐的臀肉。母狼獾用爪子将肉扒拉出来，三口两口就吃完了，并用强有力的颌骨"嘎吱嘎吱"地咀嚼着细瘦的骨头。对于万分饥饿的母狼獾来说，这点肉实在少得可怜。它像猫那样舔着自己的脚掌并匆匆抹了几下脸，随后它就舍弃了山猫走过的路，朝着更寂静阴森的森林深处漫步。它穿过了几条有兔子脚印的小路，又发现森林里到处都有松鸡细小的脚印和黄鼠狼又小又圆、接连不断的足迹。狼獾只需看一眼或轻轻动一动鼻子就知道，这些全是以前走过的印记，跟着走下去也不会有什么收获，因此它毫不理睬。又在冷杉林里走了大概四百米远，它才碰上了一些让它停下脚步的踪迹。

森林的雪地上有很多种不同的踪迹，唯有眼前的这些踪迹让母狼獾感到不安，甚至比狼群的踪迹还要令它恐惧。狼群虽然可怕，但即使是最饥肠辘辘的狼也不会爬树，对狼獾的威胁并不可怕，可这条路上印有雪地靴宽阔的印记，狼獾知道这是由一种甚至比自己还要狡诈的动物留下的。母狼獾机警地四处张望，在树下凝视着，因为单凭路径延伸的方向很难辨别出那危险动物的去向。它几乎是直直地蹲站着，在空气中嗅来嗅去，看能不能嗅到一丁点儿危险的气息。然后，它嗅了嗅踪迹。上面人的气味很重，而且相对而言还比较新鲜，但并不危险。母狼獾对这一点很放心，它决定跟随人的踪迹去看看他正在做什么。只有在弄不明白人的意图时狼獾才会特别惧怕他，现在有机会可以暗中观察他，母狼獾很愿意与他较量智谋，并像掠夺其他野生动物的猎物一样大胆地抢取他的猎物。

母狼獾的觅食范围很广泛，直到现在它才意识到在这个冬天，有一个叫"人"的动物闯入了它的领域。凭它的生活经验，狼獾知道"人"意味着猎手跟设陷阱者，母狼獾害怕人的枪，却不怕他设下的陷阱。实际上，它特别喜爱陷阱，并做好准备抓住任何机会从陷阱中得利。母狼獾只有力量和狡黠，并无速度可以倚靠，那些行动迅捷的动物它很难捕获，根据以往的经验，一旦它们掉进陷阱，母狼獾就可以不费吹灰之力把它们变成自己的美餐。此刻，它满怀兴奋和期待，专心致志地跟随着人的踪迹行走。

走了一小段距离后，母狼獾来到了一片被踩踏过的雪地，上面四散着小块的冻鱼肉，它马上就意识到在这雪面

之下一定埋着一处陷阱。母狼獾小心翼翼地往前绕行，抓起其中最小的肉块吞食起来。中间有一块很大的鱼肉，它精明地猜测到在这一大块鱼肉的旁边就是埋藏陷阱的地方。母狼獾踩在地上慢慢向它靠近，鼻子紧挨着雪面，边嗅边谨慎地进行辨别。突然，它停止了行动，它在雪地上探测到了人和钢铁的气味以及混杂着的干鱼味道，就在大块鱼肉的边上，很快就挖出了一条轻巧的链条。循着链条，母狼獾随后就找到了陷阱，它小心翼翼地使其显露出来。然后，它毫无顾虑地吃着大块的鱼肉。鱼肉吃完了，它的饥饿感远远还没满足，被人类的陷阱激起的好奇心依然很强烈，于是它继续在森林中寻觅。

灵犀一点

　　狼獾足智多谋，雪天觅食的它们甚至懂得获取陷阱中的诱饵。有智谋的人对于事物的变化有着敏锐的判断力，能驱使事物向有利的方面发展，我们也要注意培养自己的这种能力。

第二章　陷阱边的激战

　　就在狼群几乎要绕过陷阱，山猫也开始重拾勇气时，狼群首领的眼角在大岩石底部的雪地上发现了这里不同寻常的一切……

　　母狼獾又碰到了一个陷阱，这是一个用亮色绳子织就的网套，悬挂在附近一条用冷杉树枝巧妙编织而成的通道的起端下方，那通道一直连通到了一棵大铁杉的底部。这个网套后面显然摆放了诱饵，并且只有通过网套才能接近诱饵。这样的网套能捉住凶猛有余而聪明不足的山猫，却对付不了精明的狐狸，母狼獾看到了狐狸的脚印，显然它已经捷足先登了。狐狸从外围仔细研究了冷杉树枝织成的通道，然后在网套后方从通道里突围并安全地将诱饵偷走。母狼獾不懂这种陷阱，所以谨慎地避开了，并没有乱

动它。再说，它对于一个已经没有诱饵的陷阱当然会不屑一顾。

母狼獾继续前行，走了足足有四百米的路程，又发现了另一个陷阱，在这里它看到了完全不同的景象。在它轻轻绕过一块被雪覆盖的石头时，传来一阵咆哮声、金属刺耳的哐啷声和扑腾声。母狼獾敏捷地缩身退回，恰好及时躲过了大山猫的爪子。原来这只山猫比它先发现陷阱，这个有勇无谋的家伙掉进了陷阱中，冰冷无情的钢铁捕猎器紧紧咬住了山猫的左前腿。山猫被疼痛和愤怒冲昏了头脑，它一听到声响就一跃而起发动攻击，根本没有看清敌人是谁，

陷阱中的山猫跳跃的范围受限，母狼獾并不让它近身。此刻，狼獾绕着愤怒咆哮着的俘虏缓缓潜行，山猫时不时地对着它扑抓过去，却只是徒劳。山猫和狼獾在实力上相差并不悬殊，山猫的体型比狼獾大，有力量优势，而且在争斗中常常凶相毕露。如果为保护自己的穴窝和幼崽，狼獾会毫不犹豫地跟山猫争斗，但在眼前这样一场对决中，不管狼獾的尖牙与跟斗牛犬一般有力的下巴多么富有杀伤力，也不能确保它在斗争中不被撕成碎片，因为被困陷阱中的山猫会拼命挣扎。母狼獾非常精明睿智，绝对不会卷入没有必要出手的斗争之中。它慢慢悠悠、不知疲

倦、毫不费力地一圈又一圈戏弄着怒气冲冲的困兽，想要耗尽山猫的体力，然后趁机将其一举击败。

山猫拖着捕兽夹子，身体负担加重，加上它不够聪明，一直都在徒劳地挣扎，因而消耗了大量体力，它陷入了狡猾的对手所设的计谋中。母狼獾正要捕捉战斗力已经大大减弱的山猫，就在此时，寂静的空中传来的声音让它们都惊住了，那是一声悠长、单薄而又飘忽的叫喊声，语调中似乎带着难以表达的哀伤，声音慢慢消散开来。山猫蹲伏下来，瞳孔扩张，专心致志地倾听着。母狼獾同样感到好奇，却并不惧怕，它直直地站着，发动耳朵、眼睛和鼻子等器官努力辨识出那不祥之音更多的信息。那声音又出现了，不断响起，迅速靠近，很快变成了一片嘈杂的声音。山猫奋力跳蹿了好多次，拼命想把自己夹住的肢体从陷阱中挣脱出来，随后它终于意识到自己难以逃脱，便再度蹲伏起来，它浑身战栗着，却仍是一只危险十足的动物。山猫那毛发簇生的双耳朝后平平地帖服着，双眼闪烁着绿光，尖牙利爪都露出来了，准备最后做一次殊死搏斗。母狼獾全身的毛发都直立起来，也许自己即将到嘴的美餐会被别人夺去，狼獾禁不住怒气难平，它清楚地知道那可怕的叫声是由狼群发出来的。母狼獾又竖起耳朵听了听，它判断出那些狼并没有确切奔到这个方向来，狼群有

可能在还没看到它们的地方就绕道别处，而不会发现母狼
獾跟它的猎物。母狼獾和山猫都异常焦虑地悬着心，过了
一会儿，看到狼群正循着一只麋鹿的踪迹追去，可巧的是
在母狼獾来到这里的几分钟之前，奋力穿行于厚厚积雪之
中的麋鹿在离陷阱约三十到四十米远的地方就绕开了。透
过高高的冷杉树林间看去，这群狼一共有五只，气势汹汹
地追逐着麋鹿，在饥饿的逼迫下它们全力前进，并不左顾
右盼。就在狼群几乎要绕过陷阱，山猫也开始重拾勇气
时，狼群首领在大岩石底部的雪地上发现了这里不同寻常
的一切，只需一眼它便能洞察其中的玄机，显然这里的食
物比追赶麋鹿更容易。狼群首领发出一声狂喜而短促的尖
叫，转过身去，带领着整个狼群朝着陷阱奔来，愤怒不堪
的母狼獾则溜到了身边最近的一棵树上。

　　被困陷阱的山猫并没有怯懦退缩，而是奋战不止，战
斗到了最后，直到每一块肌肉都失去了力量。山猫张牙舞
爪，发出一声尖叫跳起来，应对狼群的猛烈围攻，尽管腿
上夹着一块可怕的铁家伙使得它行动不便，山猫还是表现
英勇。一两分钟后，狼群和山猫扭作一团，不断发出尖叫
和嘶喊。当山猫从扭打中挣脱开时，三匹狼身受重伤，其
中一匹狼的一边脸整个被撕裂开来。但山猫毕竟寡不敌
众，几分钟后，不幸的山猫就被狼群吃光了，也许稍后会

吐出骨头和留在捕猎器夹口上的一点零碎的皮肉。

当母狼獾看到本该自己享用的大餐在眼前消失时，它怒不可遏，从树干上悄然潜下，正要奋力冲向狼群。狼群首领对着母狼獾扑跃过去，尽可能高地跳向树干。狼獾差点儿没能躲开狼群首领尖利的獠牙，它发出一声凶狠的咆哮朝着狼咬去，想咬住它的鼻尖儿。失败之后，母狼獾又用强有力的爪子以闪电之势撕抓它，将狼群首领的口鼻狠狠地划了一道大口子，它发出一声惊叫往后退去。狼群首领还没填饱肚子，还想着继续去追麋鹿，也就无心和母狼獾恋战，它带领着狼群循着麋鹿的踪迹追去。母狼獾从树上下来，怒气冲冲地嗅着被啃得一干二净甚至连骨髓都被吸食了的骨头，然后匆匆离开，跟着狼群的行迹跑去。

灵犀一点

　　母狼獾即将到口的食物被狼群夺去了。无论是人还是动物，都会遇到各种意外、困难甚至凶险，但无论如何都不要失去信心。没有一个人的人生一帆风顺，遇到任何事情都要乐观对待，保持一颗向上向善的心，勇往直前，阳光总在风雨后。

第三章　狼獾的诡计

就在猎人看着狼群享用大餐时，他突然发现狼群附近的一棵冷杉树的树枝里有异常的响动，什么东西藏在里面呢？

再说一下那个设下陷阱的猎人，他穿着雪地靴沿着陷阱设置的路线绕了一大圈后想走回他的小木屋，快到达终点的时候，突然间迎面碰上了正在逃跑的麋鹿。麋鹿惊恐万分地一路逃奔，努力挣扎着蹚过深厚的积雪，跑得精疲力竭，气喘吁吁。一看到面前的猎人，麋鹿就知道他比身后凶残的敌人还要可怕，它剧烈地喘息着，往路的一侧冲去。猎人飞快地追上去，不一会儿就追上了麋鹿，他突然往前探身，用长长的猎刀划过麋鹿的喉咙。周围的雪地立刻染成了鲜红，麋鹿浑身战栗了一下便倒在地上。

　　猎人很清楚，一只麋鹿拼命地奔跑成这副模样肯定是
有敌人在后面追赶，他也知道只有狼群或是猎人这样的敌
人才能让麋鹿如此舍命奔逃。可在他猎区三十千米的范围
内没有别的猎人，因此，追赶麋鹿的只能是狼群。他没带
猎枪，身上带的武器只有一把猎刀和一把斧子。在冬天，
他总是要扛着陷阱装备或动物皮毛行路，步枪因此就沦为
了一个无用的负担。一个没带猎枪的猎人去抢夺狼群的猎
物真是轻率之举，但猎人想要新鲜的麋鹿肉。他迅速娴熟
地着手从麋鹿身体上割下最美味的部分，即腰腿肉。当他
机警的耳朵听到从远处传来的狼群叫声时，他还在一心一
意地继续工作，随着声音不断靠近，猎人不得不加快了速
度。猎人通过对听到的声音进行辨别，判断出狼群还离得
比较远，可能还停留在他设置陷阱的地方。当狼群再次循

着麋鹿的踪迹紧紧追来，声音越来越近时，猎人知道自己
该撤离了，他必须快速撤退，而且不能暴露自己。猎人带
着自己从麋鹿身上割下的这些肉，朝着木屋的方向逃去。
走了约两百米的距离后，猎人进入一片大铁杉林底下的灌
木丛里停下了，他转过身，想要看看狼群在发现自己的猎
物被别人抢先一步后有什么反应。就在他转身之际，狼群
出现了，它们朝着麋鹿的身体奔跑过去。但跑了几步之
后，它们就立即停住了，发出一声咆哮表示怀疑，随后急
忙往后退去。麋鹿周身满是狼群的死敌——猎人的足迹和
气味，麋鹿的腰腿肉已经被干脆利落地切去，这样精湛的
手艺足以证明是猎人的"杰作"。狼群的第一个念头就是
要谨慎行事，它们绕着麋鹿小心翼翼地转了几圈进行探
测，疑心有陷阱。随后，它们终于放下心来，但怒气也跟
着升腾而起。它们的猎物居然被人捷足先登给杀死了，它
们的捕猎行动受到了这般无礼的阻挠。这一切是猎人干
的，他是从来都不讲礼貌的森林霸主，已经如愿得到了他
想要的东西，并及时脱身离开了，狼群不太敢跟着猎人的
踪迹寻求报复。过了一会儿，狼群的愤怒逐渐平息下来，
然后它们就朝着依旧温热的麋鹿猛扑过去享用大餐。

　　猎人躲在灌木丛里观看狼群，在它们大口饱食一顿之
前，他绝对不想冒险引起它们的注意。他知道等到狼群吃

饱后还会剩下很多好肉，并且狼群最后会将肉掩埋起来留作日后享用。到时候他就可以将肉挖出来，拿走那些干净、没有被啃咬过的肉，将余下的肉留给它们，这样做不会惹上不必要的麻烦。

就在猎人看着狼群享用大餐时，他突然发现了狼群附近的一棵冷杉树的树枝里有异常的响动。随后，他那比狼眼更敏捷的双眼看到一只强健的大狼獾从一棵树转移到另一棵树上，与雪地保持一段安全距离，奔着狼群而来。狼獾这样一只"贪吃的家伙"，尽管它万分狡猾，又如何能对抗五只体形高大的丛林狼呢？他难以想象。这个猎人和其他的同伴一样，讨厌"贪吃的家伙"，所以他由衷地希望它从树枝上掉下来，然后恰好跌落到狼群露出的尖牙面前。

母狼獾小心谨慎，绝不可能做出那样的事。此刻，这只母狼獾全身都处于警戒状态，伺机报复狼群，因为它们夺去了本该属于它的食物。狼獾鄙视其他大多数野外生物，因为它们并非对手，狼獾也厌恶狼群，因为它觉得自己的能力不够抵抗它们。母狼獾小心翼翼地从一棵树上转移到另一棵树上，最终停在了一簇低低的树枝上，那树枝的位置就在麋鹿身体的上方。母狼獾从枝丛间悄然现身，恶狠狠地盯着它的敌人。有两只狼看到了狼獾，停止了咀嚼，咬牙切齿地对着狼獾往上蹿跳，可它们发现自己根本够不着母狼獾，母狼獾对于它们的凶狠表情也不屑一顾。既然攻击是徒劳的，于是它们选择放弃，继续大口享用食物。

　　狼獾与黄鼠狼有亲属关系，不过个头比它们要大得多，它与臭鼬也有亲属关系。狼獾具有黄鼠狼的凶残，也有其无畏无惧的勇气。而它与臭鼬的亲属关系可从它身上能够释放特别刺鼻的恶臭油脂的腺体得到证明。这种油脂的气味虽然没有臭鼬所释放的那样让人难以忍受、刺鼻难闻，但所有的野外生物都觉得它异常恶心、无法忍受，不管它们如何饱受饥饿的折磨，它们也不愿意碰一下被狼獾的臭油玷污过的肉，哪怕受污程度极其轻微。狼獾对自己玷污过的肉毫无厌恶之情，依然会津津有味地吃下去。

　　母狼獾从树上往下盯了狼群好几分钟后，把臭油喷洒在麋鹿的整个身上，它对敌人同样平等相待，往它们身上也洒了一些令人作呕的液体。狼群开始咳嗽、打喷嚏，它们怒气冲冲地尖叫着，跳着离开了麋鹿，在雪地上打着滚，还是不能立马摆脱恶臭的气味。随后，狼群恢复了冷静，它们放弃了已经被玷污的麋鹿肉，在树旁围成一圈，与上面的狼獾保持着相对安全的距离，并伸出长长的嘴巴复仇心切地朝着它们的对手狂吠。狼群看起来是准备要一

直等在树下，等狼獾饿坏了从树上下来时再把它撕成碎片。母狼獾似乎懂得它们的心思，转过身去朝着树顶往上爬，直到在高处一个枝丫间找到一个舒服的位置，然后它便安坐在上面小睡起来，对狼群置之不理。尽管母狼獾胃口极大，但它知道自己比任何一只狼都要耐饿，在这样以逸待劳的拉锯战中，它会让狼群耗尽体能，成为获胜者。猎人看到这么多麋鹿肉被狼獾污染了，感到愤怒不已，而狼獾凭借自己独特的臭油脂打败了整个狼群，激起了他对狼群的同情，也不再有继续观战的兴趣。于是，他对眼前的一幕置之不理，继续赶路。狼群在猎人眼中已然丧失了威慑力，他自信只凭一把斧子也能对抗整个狼群。

灵犀一点

论实力狼獾当然无法战胜狼群，但它利用自己的臭油脂污染了麋鹿肉，并用自己耐饿的特点与狼群进行对峙。学会扬长避短，发挥自己的优势，才能更好地发展自我，从而实现人生的价值。

第四章　共同的敌人

　　母狼獾继续抢夺猎人设置的陷阱里的猎物，继续逃避狼群的追踪，继续躲开猎人最高超的猎捕，结果会怎样呢？

　　狼群在树下待了很久，发现母狼獾几乎是睡着了，饥饿和寒冷迫使它们只好离开了，继续在森林里寻找食物。

　　自从那次的遭遇之后，狼群对于那只母狼獾日日夜夜都怀恨在心，它们用了大量宝贵时间跟踪它，时时刻刻想乘其不备抓住它。狼的记忆力非常持久，时间一周又一周过去了，整个冬天，不管狂风呼啸还是严寒死寂，它们对母狼獾的仇恨之情仍丝毫不减。在很长一段时间内，狡猾的母狼獾都是靠着自己可以独享的肉食增肥长胖，而其他野兽，除了在洞穴里安然入睡的熊和在铁杉与云杉林间悄

然觅食的豪猪之外，都因饥饿变得身体消瘦。在那段时间，母狼獾的食物存储足以满足其贪婪的胃口，因此，它才没有抢夺猎人陷阱里困住的猎物，也没抢夺其他动物储存的少得可怜的食物。但是它储存的食物最终还是吃光了，它再次将注意力放在了陷阱上。于是，它很快就引起了猎人的愤怒，不得不同时应对两个荒野之中最为强大的敌人，即猎人和狼群。猎人和狼群越来越怨恨母狼獾，但它贪婪而无畏的精神绝对不会被吓退。母狼獾继续抢夺猎人设置的陷阱里的猎物，继续逃避狼群的追踪，继续躲开猎人最高超的猎捕，一直等到春天到来给大森林里的居民缓解饥荒，在那时候猎人也不再设陷阱捕猎了。当野生动物的皮毛开始褪去光泽、失去质感时，猎人就将冬天所捕获的皮毛堆在一辆大手推车上，把林间小木屋牢牢锁起来，然后在积雪完全融化之前赶回自己居住的村庄。一旦狼獾确认猎人离开后，它就会使出所有的诡计和力气进入闭锁的小木屋。终于，在无尽的耐心等待和努力之下，母狼獾从屋顶处破口而入。木屋里有猎人留下的各种各样的供给品，比如面粉、熏肉和干苹果等东西，这些食物无疑都非常符合狼獾的大胃口，它尽情享用，直到想起自己身为母亲还承担着照顾幼崽的职责，才不情愿地离开木屋回到自己的洞穴中去。

　　接连几场大雪过后，春天才姗姗来迟，可春天一旦来临，就来势迅猛。接着，夏天匆匆驾到，勃勃生机越过平原和冷杉森林。虽然夏天时间很短，但是有很多事情要做。在猎人小木屋后约五百千米的地方有一片荒乱的沼泽地，在中央干燥的小土丘里，母狼獾挖了一个宽敞而隐秘的洞穴。母狼獾在洞穴里生了一窝年幼的小狼獾，它们和母亲长得非常相似，只是皮毛颜色更淡，更柔软顺滑。母狼獾尽心尽力地照顾小家伙们，捕食范围从不会和家隔得太远，也只是满足捉些老鼠、鼻涕虫、蠕虫和甲虫之类的小动物填饱肚子。

　　母狼獾居住的地方非常僻静，它的敌人狼群在那个时候完全找不到它的踪迹了。狼群作为一个等级分明的组

织，已经根据其在夏天的生活习性分散居住，但狼群四散的成员之间仍有着某种或多或少的联系，狼群首领和它配偶的住处跟母狼獾幽静的洞穴相隔不过几千米远。

事有凑巧。有一天，灰色的老狼首领用消瘦的嘴巴咬着一只兔子赶回洞穴时，选择了走捷径穿过沼泽地，因此发现了失踪已久的宿敌母狼獾的踪迹，它懂得这意味着什么，毫无疑问，母狼獾的洞穴就在附近。可当时它没有时间，或者说没有兴趣停下来找它算账，它继续赶路，但它那精明的双眼里闪烁出复仇的怒火。

仲夏过后，猎人带着生活补给回到他在森林中的小木屋。小木屋跟猎人平时居住的村庄相隔很远，在短暂的夏季里，猎人得往返好几次，以便存储足够多的食物来度过漫长严寒、大雪纷飞的时节。到达小木屋时他发现，尽管自己之前小心防范，贪婪的狼獾还是用诡计战胜了他，破顶而入并将他储存的食物洗劫一空，他真是气愤到了极点。

狼獾成了猎人的一个劲敌，比其他所有森林野兽加起来构成的危害还要大。在继续进行储存冬粮的工作之前，他必须要将狼獾捕获歼灭。

猎人一连好几天绕着小木屋周围悄然巡行，圈子越绕越大，他的目的是找到那只狼獾到底在哪里。终于在一天的傍晚时分，他在沼泽地的外围找到了母狼獾的踪迹，因为天色太晚他不便深追下去。第二天一大早，他就带着步枪、斧子和铁锹出发了，他发誓要将整窝狼獾一举歼灭，因为和狼群一样，猎人知道穴居沼泽地中的狼獾现在是他最憎恨的敌人。

灵犀一点

　　天上不会掉馅饼。辛勤的劳动所获才是真正的劳动成果，只想不劳而获的人终将一无所得。

第五章　狼獾之死

这个过程一直在持续着，直到狼群挖得足够深，猎人以为它们就要接近狼獾窝的底部了，他屏住呼吸，凝视洞穴等着看结果……

正当猎人拿着武器去剿灭狼獾家族的那个早晨，狼群也决定要了结它们与狼獾之间的宿怨旧仇。老狼首领的配偶要忙着照顾幼崽，老狼便设法找到了狼群中另外两个对狼獾的仇恨记忆跟它一样持久的成员，三只狼迅速奔向沼泽地。对于狼灵敏的鼻子来说，从沼泽地里杂乱的动物踪迹中找到狼獾的踪迹不过是小事一桩。狼群很快发现狼獾的洞穴就在那座干燥温暖的小土丘里，它们围着土丘转来转去看了好几分钟，然后开始挖掘起来。这时候，猎人穿着软皮鞋，迈着轻盈的步子，像狐狸一般悄无声息地走

来。当他快到小土丘时，透过幽暗杂乱的树干看到的景象
让他停住了脚步。他躲到了一丛灌木背后，兴致勃勃地往
前窥视。他看到三只灰色的大狼正在猛烈地挖土，猎人知
道它们是在挖狼獾的洞穴。

在三只狼刨挖洞穴之前，它们用灵敏的鼻子嗅到洞里
有小狼獾，但它们不能确定母狼獾在不在家。这个疑问很
快就弄清楚了。随着干燥的泥土从它们狂乱抓舞的爪子下
喷洒出来，一只色深形钝的嘴巴快速伸出，然后又迅捷地
抽了回去。紧接着传出一声痛苦的尖叫，其中一只较为年
轻的狼往后退了几步，它只能靠着三条腿行走了。原来，
它的一只前爪被母狼獾伸出的嘴巴完全咬穿了，它哀叫着
躺倒在地上，用舌头舔舐呵护着伤处，那只受伤的爪子很

长时间都不能再挖土了。

躲在灌木丛后的猎人看到了刚才发生的一幕，对他的敌人，即洞穴里身小而凶猛的斗士涌起了一股强烈的同情跟赞赏之情。剩下的两只狼此刻变得更为谨慎，它们一边损毁洞口的边缘处，一边尽可能地从洞口往后退。那只深色的嘴巴一次又一次地快速伸出，可狼总是能及时跳开，躲避撕咬。这个过程一直在持续着，直到狼群挖得足够深，猎人以为它们就要接近狼獾窝的底部了，他屏住呼吸，凝视洞穴等着看结果，他知道结果一定会令人兴奋不已。

他紧张地等待着，好在等待的时间并不长。

突然间，母狼獾就像一颗离开枪膛的子弹一样迅疾地从洞中一跃而出，对着距离最近的狼的嘴鼻部抓去。狼躲了一下，但没能躲开对方的攻击，母狼獾抓住了狼喉咙的一侧，也就是颌骨下方的位置，这是致命的一击。狼抬起它的两条后腿，猛烈地挣扎着，想要把狼獾甩下去。可狼獾力大无比，紧紧擒住狼的爪子也健壮有力，它用起爪子来就像熊用起熊掌一般得心应手。母狼獾压制住狼让它高过自己，极力将狼庞大的身躯用作盾牌来抵御另外一只狼的袭击，狼獾和狼滚作一团，一直滚到小土丘的底部。

母狼獾紧紧抓住的是那只较为年轻的狼，这种情况对它很不利，因为经验丰富的狼首领会寻找机会袭击它，但在这种情况下，胜利仍有可能属于母狼獾。老狼首领依旧保持警惕，它机警地站着，寻找机会在适当的位置下口。最后，当它看到那只较为年轻的狼已经精疲力竭，挣扎的力度变弱时，便飞奔过去，狠狠地一口咬在狼獾的腰腿间，可那里并不是狼想要咬住的部位。就在狼獾丢下它的受害者对着老狼猛地转扑过去时，老狼在狼獾背部很高的位置上将其擒住，用自己坚可碎骨的嘴巴将它紧紧咬住，这是最后致命的一咬，狼獾直到死去才真正算被击垮。母狼獾凶狠的眼睛渐渐变得呆滞，浑身扭动着，在胜利者细瘦的前腿上拼命地咬了一口，凭着最后一点力气，凭着勇气和仇恨带给它的最后冲劲，母狼獾紧紧合上嘴巴，直到牙齿穿透狼的肌肉和碎裂的骨头。随后，母狼獾死去的身体变得绵软无力，老狼用结实的脖颈一甩，就将它从身上甩了出去。

老狼对母狼獾的死很满意，此刻它靠着三条腿逃入沼泽地中，一边尽力高高举起它受重伤流血的前肢。猎人随后走出他的藏身之处，并往前走去。第一只被咬伤的狼站起身来，惊讶地看了猎人一眼就一瘸一拐地跑了。而那只被狼獾用牙齿紧紧咬住喉咙的狼则躺在了它倒下的地方，一动不动，距离死狼獾的尸体仅几步之遥。这时节，狼的

皮毛品质并不好，所以猎人毫不在意地用脚将狼的身体踢到一旁。但他怀着一种奇异的尊敬之情低头看着母狼獾死去的身体，站了有一两分钟。

"你只不过是一个窃贼，一个令人讨厌、贪吃的家伙，"猎人随后喃喃自语道，"你所有的后代都得被铲除掉！但是谈到勇气和果敢，我要向你脱帽致敬！"

灵犀一点

母狼獾最终没有战胜三只狼，但它面对强敌毫不退缩，一直战斗到生命的最后一息，它的坚强意志令人感动。如果一个人有坚强的意志、勇敢顽强的性格、敢于拼搏的精神，他就可能拥有卓越的人生。

小木屋的窗子

第一章　冒险之旅

一天下午，正当枫树液流量最大的时候，戴夫·斯通因为一件紧急的事必须到镇上去一趟，接下来会发生什么呢？

戴夫·斯通是个年轻的农场主，在距离他的房子和农场大约五千米的山脊上他还拥有一大片枫树林，那是他的枫糖营地。他的妻子曼迪常常带着最小的孩子来这里帮忙。

婴儿胖乎乎的小身体软绵绵地偎在母亲的左臂膀上，他的姿势看起来很不舒服。然而，婴儿自己似乎并不在意。他那两只黏糊糊的小拳头都紧紧地抓着一大把刚做好的枫糖，并用他那还未长牙的牙床吮着，发出一连串咕噜咕噜的声音。他那双大眼睛像猫头鹰一样睁得滚圆，透过薄暮的光辉，安静专心地凝视着四周。

曼迪左手提着一只老旧的锡制灯笼，里面装有一小块牛油烛，那微弱的烛光左右摇曳着，巨大的阴影渐渐向枫树林袭来，天色暗下来。曼迪的右手提着一只锡制大桶，装了半桶刚收集的新鲜枫树树液。借着微弱的烛光，她在大枫树间疲惫地走来走去，从嵌入树干的木制阀门下面取下用桦树皮做的杯子，将里面的树液倒入桶中。冬天过去了，雪正在融化，夜晚的空气还是寒冷刺骨，除了树液快速落入桦树杯里发出的滴答声，便再无声响。树液淡淡的甜香飘在空气中，似乎冲淡了黑暗。蜡烛猛地燃了一会儿，照亮了粗壮的树干间幽暗神秘的通道，然后渐渐变弱，几乎熄灭，而黑暗得势后似乎就要卷土重来。曼迪看了一下烛灯，发现它就要燃尽了，又紧张地瞥了一眼肩头的婴儿。于是，趁着黑夜彻底到来之前一路摸索回枫糖营地的小木屋，她急匆匆地将最后一个杯子倒空并放回原处，然后离开枫糖营地回到家里。曼迪很多日子都是这样度过的，虽然辛苦却也很充实很快乐。

这个春天，树液源源不断地流着，大家都看好枫糖大丰收的前景。戴夫·斯通家的房子离着枫糖营地约五千米远，中间要跨过锡·基特尔山谷。营地有一间由粗糙木板建成的简陋的小屋和一个敞开的棚屋，用来放置将树液熬

成枫糖的大铁炉子，里面还有一个简陋宽阔的壁炉和烟囱。既然有源源不断的树液，铁锅就得一直烧着，浓稠的树液上面黏糊的浮沫也得撇净。因此，在收获季节必须得有一人留在营地，晚上一般都是戴夫·斯通留在这里。

戴夫·斯通将营地小屋建在林中的一块空地上，从小屋后面的小窗子，他的视线可以越过锡·基特尔山谷看到一片笔直挺立的冷杉树丛，看到树丛后面他那不受东北风暴影响的低矮的房子，以及装着红门的谷仓和很多宽大的棚屋。这里原本是一片荒凉，戴夫·斯通靠着自己的勤劳在锡·基特尔山谷上方延绵不断的原野上建造了这座生机勃勃的小住宅，他为此感到万分骄傲，这份骄傲甚至要胜过他的妻子和三个孩子带给他的骄傲。他的妻子曼迪身材苗条，有一双灰色的眼睛，孩子们都健康活泼，这处住宅也是他们一个快乐的居所。在春天那些要留在枫糖营地过夜的晚上，他喜欢看那片掩映了自己房子的冷杉树林。

一天下午，正当枫树液流量最大的时候，戴夫·斯通因为一件紧急的事必须到镇上去一趟，他为朋友开的一张单据被拒收了，他必须亲自到场去把情况说明一下。

"曼迪，那件事不会有什么麻烦，我去走一趟吧！"他说，"今晚你带着宝宝去营地，留神照顾好宝宝。"

"可是，孩子他爸，"他的妻子用怀疑的语气辩驳道，

"我怎么能把利迪和乔留在家里呢?"

"嗯,他们不会有什么事的,再说利迪也快十岁了!"戴夫坚持这样做,他目前的情况很急,也实在没有其他的办法,"不用担心,孩子他妈。我会在天亮前尽早赶回来的!"

利迪是个很聪明的男孩,快十岁了,他的弟弟乔比他小两岁,两个人从没单独在家过夜,对这件事他不仅马上同意了,还表现出冒险般的兴奋。曼迪也只能同意这样,实际上,担忧之外她也有点兴奋,独自去枫糖营地过夜她也是第一次,可以借机打破自己单调重复的生活。她经常帮忙制作枫糖,对那里的任务了如指掌。曼迪抱着孩子出发了,在她看来就像是踏上了一段小小的冒险之旅,她感受到一种不寻常的快乐。

灵犀一点

冒险是人的天性,勇于冒险,敢想敢做,常常会有意想不到的收获。我们提倡,为了科学可以适度冒险,但不做无谓的冒险。

第二章　高大的黑影

距离木屋只有差不多五十步远了，她在小路转弯处看到了一个高大的黑影，就在一丛灌木后，这让她长舒了一口气，这时，她脑中只闪过一个想法……

本来曼迪可以早一点出发，可她毕竟还是不放心把两个孩子单独留在家里，又做了各种准备和嘱咐，她离开的时间比预计的要晚很多。

宝宝偎在她的臂弯里兴奋地欢叫，孩子们在大门口愉快地和她道了再见。杰克是一只棕色的大猎犬，想要跟她一同前去。当她叫它回去和孩子们待在一起时，它呜呜咽咽地反抗着，最后还是极不情愿地听从了命令。杰克一直都很喜欢孩子们，平时它和利迪几乎是形影不离，为什么今天非要跟着曼迪去营地呢？曼迪带着疑问踏上了一条正在融雪的小道，深一脚浅一脚地踩在雪里，朝山上的枫糖营地走去。

到达营地时，曼迪已经很累了，她的心情还比较愉快。一大锅枫浆慢慢地冒着泡儿，曼迪将上面的泡沫撇出来，倒在了雪地里，她又舀出一勺尝了尝，然后又倒了些新鲜树液进去，添了些柴火。这时，黄昏已经悄然来到了树林里，旧提灯里的蜡烛没剩多少了，曼迪在匆忙之际没注意到这个问题。现在还不用点燃提灯，曼迪提上它等天黑时再用。曼迪决定再去收集些树液，于是，拿上那只装树液的锡制大桶，抱着开始躁动不安的宝宝，又拿了一块硬糖给他，好让他安静下来。就这样，在黑暗还未完全吞噬这一片静地之前，她匆忙朝着距离最远的枫树赶去收集树液。

在最后一个木杯的树液倒进桶里时，提灯里的蜡烛熄灭了。突如其来的黑暗似乎在曼迪的脸上游走了片刻，让她感到非常害怕。她站着一动不动，直到眼睛适应了周围的黑暗。她实在是累极了，婴儿和装得满满的大桶都很沉。这时候，她已经完全感觉不到冒险的趣味了。

曼迪开始胆怯起来，可能是因为太疲乏了，她的双耳紧张而专注地倾听着四周时，出现了幻听，听到正在消融的雪地上有脚步悄然移动的声音。她闭上了眼睛，努力让

自己镇静下来。最后，她的眼睛终于在一片黑暗之中辨认
出了略微有点微光的小路，小路两边是高高的大树和四处
设障的灌木丛，一片漆黑幽暗。曼迪浑身颤抖着，紧紧抓
住婴儿、熄灭的提灯和装满树液的大桶，开始小心翼翼地
往回走。她步履匆匆，却又不敢弄出一点声响，生怕自己
会惊动原野里的神秘力量，引起它们的注意。

　　曼迪越走越急，越来越害怕。要不是林间小路太难
走，身上的负担太沉重，她几乎要在惊恐中跑起来。好在
怀里的孩子还不懂得害怕，他一直在吮吸着手里的枫糖，
两只眼睛紧紧盯着这新奇的黑暗。曼迪的呼吸变得十分急
促，她感觉自己的双膝随时都会软下去。终于，距离木屋
只有差不多五十步远了，她在小路转弯处看到了一个高大

的黑影，就在一丛灌木后，这让她长舒了一口气，这时，她脑中只闪过一个想法，那是她的丈夫戴夫，他比预期回来得要早。她没有来得及想到其他的事情，气喘吁吁地长叹一声，然后激动地喊道："哦，戴夫，我太高兴了！你把宝宝抱过去！"她一边往前伸手想把小家伙放到他手里。

然而，就在曼迪这么做的时候，她感觉到灌木丛后面这个高大的黑色身影有些生疏。而且，戴夫为什么不说话？她赶忙将身子往后缩了缩，一阵巨大的恐惧感袭来，她的脸颊甚至突然一阵刺痛。曼迪稍稍变化了一下姿势，好将那个黑影看得更清晰些，她看到两个庞大厚实的肩膀，一口白牙，一双恶狠狠的眼睛瞪得大大的，闪着光亮。

曼迪大吃一惊，发出了一声尖叫，吓得后退了几步，她把婴儿紧紧抱在胸口，并将装满树液的大桶连树液带桶一齐朝着怪物的脸扔去，然后沿着另外一条通向木屋的小路，悄无声息地快速逃去，这时候，她早已忘记了疲惫。到达门口时，她那惊魂未定的大脑才意识到，她刚才要把孩子托付的对象是一只熊。

黏稠的树液如洪流般朝着熊扑头盖脸落下来，紧接着"咣当"一声，锡桶也砸在它的脸上，这只动物被这突如其来的袭击砸蒙了，它不知所措地待在那里，过了一会儿

才知道往前追去。它刚从漫长的冬眠中醒来,爬出洞穴后,腹中的饥饿使它变得凶猛无比。别看熊长得粗笨,它是很聪明的动物,似乎已经意识到那个不期而遇令它畏惧的人竟然会害怕它。熊穿过灌木丛对曼迪紧追不舍,几乎要追上她了,差一点曼迪就没能将它关在门外。

当曼迪把粗陋的木门闩插上时,她才惊慌地意识到门板有多脆弱,如果熊用掌一拍,门马上就会被撞开。熊其实十分谨慎狡猾,它不知道小木屋里有什么,会怀疑有陷阱,它害怕人类的气味,并不敢贸然攻击。

灵犀一点

曼迪在回小木屋的路上遇到了熊,熊生性凶猛,但它害怕人,不敢轻易进攻,这给曼迪带来了和它周旋的机会。改变生活和处境最有效的方法之一就是要抓住机会。当机会来临时,如何发现机会并抓住机会,靠的是平时做个有心人。

第三章 糖也是武器

　　恐惧激起了曼迪的勇气，她站起身来，把婴儿放在床铺上，从火炉里抽出了一根烧得正旺的木棍，拿着它冲到窗前，她要干什么呢？

　　天已经黑透了，小木屋笼罩在死一般的寂静中，除了从炉子敞开的通风口闪烁着一丝微弱的红光和夜空从小窗子透进来的一点微光，再无光亮。曼迪内心万分恐惧，浑身无力，并不敢去找蜡烛，她只是靠着墙大口喘着粗气，目不转睛地盯着窗口，好像是怕熊会从窗外朝里看到她。过了一会儿，孩子哭了起来，她这才回过神来。在赶回来的途中，他手里的糖块丢了，现在他也许感觉到哪里不舒服。曼迪赶忙坐在火炉边的长凳上，急切地安抚着孩子，而她的眼睛始终都盯着那个透着一点微光的方形窗口。

　　小木屋的门被砰的一声关上，熊被拦在了门外，它不

安地后退了一下，然后停下来仔细研究木屋，它不知道里面隐藏着怎样的危险。里面传来了一声婴儿的啼哭，熊似乎意识到里面的人至少不像其他可怕的人类，其实并不危险。于是，它走上前去沿着地上的门缝用力嗅着，弄出很大的声响，曼迪吓得心跳几乎都要停止了。熊试探性地挤靠着门，门嘎吱作响，但是门闩和铰链都没松。于是，它小心翼翼地绕着小木屋转来转去，仔细地观察着。毫无疑问，它是想要在某处找到一个敞开的入口。经验告诉它，所有的洞穴和兽穴都是有入口的。终于，窗子引起了它的注意。曼迪听到熊立起身子用爪子抓挠窗子外面粗糙的木板的响动。随后，隐隐透着一点微光的窗户就暗了下去，一个硕大的黑色脑袋在朝屋里张望。

恐惧激起了曼迪的勇气，她站起身来，把婴儿放在床铺上，从火炉里抽出了一根烧得正旺的木棍，拿着它冲到窗前，使出浑身力气朝着那张可怕的脸疯狂地捅去。随着玻璃的一声碎响，那个大黑脑袋也消失了。熊没有被碰到，但是那根熊熊燃烧的木棍让它学会了谨慎行事。它愤怒地咆哮一声，往后退了退蹲坐在地上，好像是要观察曼迪接下来的行动。熊暂时被击退了，曼迪在初次获胜后，又十分害怕会不小心引燃这栋干燥的木屋，于是急忙将那根噼啪作响、火光闪闪的木棍送进了炉子里。接下来，熊继续绕着小木屋一圈一圈地转来转去，它时而用宽厚的爪子悄悄地拍打着，似乎在测试木屋的地基和房门有多坚固，时而在缝隙处嗅着，弄出很大的响动。曼迪心惊肉跳，她还是尽力安抚着怀里的孩子。

小家伙吃饱了奶后，便在母亲的轻轻摇晃中睡着了。此刻，对熊的恐惧占据了曼迪的内心。她发现熊在偷偷地到处抓挠，闻着，嗅着，随时可能破门或者破窗而入。除了熊的声音，周围一片寂静，似乎空气中到处弥漫着令人压抑的紧张气息，这简直让她无法承受。最初，曼迪想到从炉子里拿出一些燃烧的木棍，打开房门，主动出击，将它们扔向攻击者。但她随即又放弃了这个念头，觉得这样做太铤而走险，燃烧的木棍本来对熊就没什么杀伤力。后来，曼迪想到熊喜欢吃甜食，那么她可以把糖当作武器，等熊毫无节制地吃饱了，也就没有危险了。屋角的一张桌上堆满了又大又圆、放了枫糖的蛋糕，它们放在平底锅里

冷却，因此形状跟锅一样。她从中抓起一块蛋糕，扔出了窗外。熊急忙奔过去看掉下的东西是什么，然后激动地扑向蛋糕，贪婪地大吃起来。不到半分钟，像锅一样大的蛋糕便被它吃完了。随后，它直接来到窗边要食物，曼迪不停地把蛋糕扔到窗外给它。蛋糕扔完了，她又把熬好的糖不停地抛出去。

熊的食量大得惊人，它贪婪地咀嚼着曼迪抛下的糖，曼迪眼看着自己的劳动成果很快将化为乌有，愤怒之情让她放慢了给熊食物的速度，熊就恶狠狠地来到窗前嚎叫，曼迪只得赶紧满足它的需求，一边想着糖要是全都吃完了她该怎么办。终于，小屋里的蛋糕和糖都没有了，熊用爪子抓着最后一块蛋糕，大口吞食着。

灵犀一点

机智是良好的性情、敏锐的洞察力以及在紧急时刻快速反应的综合产物。机智是每一个人都需要的智慧，它可以改变我们的情绪和心态，关键时刻还可以化解危机。

第四章　狂舞的火光

看着那炽烈的火舌蹿过树顶，曼迪六神无主，只能安慰自己说是谷仓而不是房子着火了，到底是什么情况呢？

曼迪站在窗边，惊恐地看着窗外那模糊巨大的身影，不知道接下来该怎么办。突然间，她的目光越过被黑暗笼罩的山谷，看到远处天空蹿起了一团红光。曼迪自己正深陷麻烦之中，开始只是心不在焉地注视了火光片刻，但她还是注意到在红光的映照之下，那些又暗又尖的冷杉树顶就像一根根巨大的长矛指向空中，那不正是她家房后的树林吗？曼迪呆呆地注视着火光，她突然意识到那团狂舞的火光来自何处。曼迪大叫一声，冲向房门，一把拉开了门，但面前看到的一片黑魆魆的树林又让她意识到了自己身处何境！她只好再次把门重新锁好，狂奔至窗口，双手

紧紧地抓住窗框，一边无奈地抽泣，一边语无伦次地祈祷着。

熊吃完糖后就蹲坐在地上，竖着耳朵，半张着嘴巴，聚精会神地盯着远处夜空中狂舞的火光，它想不明白这意味着什么。

看着那炽烈的火舌蹿过树顶，曼迪六神无主，只能安慰自己说是谷仓而不是房子着火了。实际上，隔着那么远的距离，根本分辨不清。她唯一能确定的是，只有一处地方着火了。她尽量想出各种理由自我安慰：就算是房子着火了，孩子们不会那么早睡；即使他们睡了，那条机灵的狗也会叫醒他们；还有邻居们，他们离那儿不到两千米远，很快就会赶过去帮助他们。她决不允许自己胡思乱想大火会在孩子们的睡梦中将他们吞噬。她竭尽所能不去那样想，但那个可怕的想法却一直在她脑海中转来转去，怎么都摆脱不了，快要把她逼疯了。如果现在只是她一个人面对目前的困境，就算是熊在外面随时可能危及她的生命，她也会不顾一切地冲出去，回家看个究竟。可是现在她不能这么做，因为有宝宝啊！她要是抱着孩子肯定跑不快，熊马上就会追上她，她也不敢将孩子单独留在床上，因为她走后熊肯定会爬窗而入或是撞门进屋。曼迪呆呆地站着，万般无奈地看着火焰肆虐却什么都不能做，这让她快要疯掉了。绝望中她再次想到燃烧的木棍，之前她就用它把趴在窗户上的熊赶下去了，要是她拿上一根足够长的火棍，熊也许就不敢跟着她走。想到这里，她急忙快步走到火炉旁，但是里面的火已经奄奄一息，只剩下一堆炭了。在焦灼不安中，她甚至没有注意到小木屋里变得有多冷。她到处寻找木头，但是已经没有了。她忘了从熬糖的大锅下面的木堆里拿一些过来。其实这个计划本来就很荒唐，从一开始就注定不会成功，可至少它也是个计划，现在连这样的计划都无法实施，备受煎熬的曼迪大脑一片空白。炉火灭了，小木屋里寒冷刺骨，她又想到了孩子，她走回床边，把温暖的毯子给熟睡中的婴儿盖上，就在她俯身给婴儿盖毯子的时候，又听到熊沿着门底的缝隙来回嗅着。她差点冷笑出来，这个家伙真是贪得无厌！把那么多

糖都吃完了居然还不知足！气愤、无奈和焦急一齐涌进脑海，她觉得自己再也无力支撑，整个身体像要倒下去，便紧紧抓住床沿不让自己倒下。曼迪本想躺在床上挨着宝宝一起睡，却昏倒在了地板上，瑟缩成一团。她晕倒后，因为心力交瘁而沉沉睡去了，一连几个小时躺在地上一动不动。

灵犀一点

　　孩子是母亲永远的牵挂。母爱是伟大的，没有任何一种爱可以代替；母爱是纯洁的，没有什么可以玷污它。我们要好好珍惜母爱。

第五章　安然无恙

快接近小木屋的时候，戴夫·斯通发现里面一片漆黑，这让他不寒而栗。竟然没有光线从窗户口透出！究竟发生了什么呢？

宝宝的啼哭惊醒了曼迪。她冻得半僵，头昏脑涨，勉强能站起来走到床边，她给孩子喂了奶，又安抚他睡着了。

曼迪清醒之后，那些郁积在胸中的压抑和痛苦再度朝她滚滚袭来，她踉踉跄跄来到窗前。从冷杉稀疏的树顶望去，山谷那边狂舞的火光已经消退了，只剩下一点淡淡的红光，不管是谷仓还是房子，火都已经烧尽了，不管发生了什么，一切都已经结束了。曼迪浑身战栗着，呆呆地站在那里，头脑一片空白，她什么也不敢去想。就在这时，

她的目光落到了窗外的熊身上，它离着她不到十步远，它也正盯着她看，在昏暗中，它那庞大的身影模糊不清。曼迪神情坚毅地应对着熊的注视，不再害怕它，甚至想使出浑身的力气和它拼了。随后，她看到熊突然转过头去，似乎是听到了什么声音，然后它无声无息地消失在黑暗之中，像一只受了惊的鹧鸪。这时，她听到了小路上传来一阵急匆匆的脚步声，伴着一声凶猛的低吼，一声狗叫发出了警报。那是杰克的叫声！她几乎是扑到门边，急忙打开房门。

戴夫·斯通从镇上回来的时间比预计的要早一些，在离家大约三千米路时，他看到了一片熊熊燃烧的红光，这让他胆战心惊，全力以赴赶回家里。他发现自己精心建造的谷仓烧着了，连带着烧了牲口棚，幸好孩子们和房子都安然无恙，家畜也被救下来了。孩子们不仅行动敏捷，而且还足智多谋，完全具备生活在偏远乡村的能力，一看到起火，他们就给拴在牲口棚里的牛群松开绳子，让它们及时逃了出来。邻居们从远处看到火焰燃烧，急忙赶过来，发现孩子们正坐在门口台阶上兴致勃勃地看着火光，仿佛那火光是有人特意安排来逗着他们玩的。虽然谷仓变成了灰烬，情况远比戴夫想象中的好，只是他的心里又有新的担忧，那就是曼迪居然没有回来。难道她没有从小木屋的窗口看到火焰，这根本不可能！那为什么她没有回来？他沿着去枫糖营地的路奔跑起来，想前去一探究竟，忠实的杰克紧紧跟在身后。

快接近小木屋的时候，戴夫发现里面一片漆黑，这让他不寒而栗。竟然没有光线从窗户口透出！熬制枫糖的小棚屋里没有红色的亮光！熬糖的大锅下面的火竟然熄灭了！他开始意识到事情的严重性，这时他作为山林人必不可少的犀利眼睛洞察到在黑暗之中，一个高大的黑色身影悄然转过木屋逃入了树林中。与此同时，杰克发出了一声低吼，接着便大叫起来，从他身边冲了过去，它脖子上的毛根根耸立着。

在这一瞬间，戴夫紧张得血几乎停止了流动，浑身冰冷，他跃步冲到木门前，颤声大喊着，"曼迪！曼迪！你在哪里？"他的话还没问完，门就拉开了，曼迪拥住了他的脖子，浑身发抖，一边不停地抽泣着。

"孩子们呢？"她气喘吁吁地问道。

"啊！他们都很好，孩子他妈！"男人终于放下心来，他愉快地答道，"谷仓和牲口棚着火了，孩子们把牲口都安全放出去了！可这里发生了什么？你遇到什么麻烦了？还有，难道你——"

戴夫有太多的问题想问，一时语无伦次，妻子紧紧地

抱着他又哭又笑，让他喘不过气来。"哦，戴夫！"她终于开口喊道，"是熊！它守着我们——一整个晚上！它把最后一块蛋糕都吃光了。"

灵犀一点

曼迪和家里的孩子们安然无恙，他们靠着智慧和勇敢度过了一个非同寻常的冒险之夜。勇敢和智慧相辅相成，聪明而缺少勇敢者，则为纸上谈兵，很多事情无法付诸实践；勇敢而缺少智慧者，则为有勇无谋，往往事倍功半，很难达到预期的效果。

桑尼与孩子

第一章　桑尼是一条狗

马车上的男人确实很像它亲爱的主人乔·巴恩斯，但乔·巴恩斯总是独自一人坐在马车上，而这个男人旁边还坐了一个小孩……

这是一个远离喧嚣都市的村庄，周围风景优美，安静而又充满活力。

有一条石头砌成的小巷，小巷的尽头是一座灰色的房屋，还有灰色的牲口棚和低矮的马车棚也属于同一个主人，它们都沐浴在金色的阳光下。屋后是一片古老的树林，里面生长着云杉、冷杉和铁杉等树木，与树林相接的是一片草地，那里杂草丛生，里面还分布着一些树桩。这条小巷连通着主街，一直通到这栋房子，要想走进小巷还得需要爬一个坡，坡的一边是一块荞麦地，另一边则是一片长满金凤花的草场。为了将小巷与旁边的农地隔开，小巷两旁散布着曲折蜿蜒的篱笆，篱笆的周围和各个转角处都参差不齐地长着乳草、艾菊和毛蕊草。

村子里住着很多人家，小巷尽头的这个院子极为普通，也不太整洁。此刻，在院子外正站着一条黑棕色的大狗，它的头偏向一边，两只耳朵向上竖立着，短短的尾巴骨一动不动地笔直伸出，它的神情满怀期待，又似乎有些紧张。它正注视着一辆从主街上慢慢驶来的马车，车前一匹栗色白脸的马儿拉着车一路慢跑。狗的眼神里透露出一种如此热切的希冀，唯有绝对的把握才能让它相信自己离愿望的实现越来越接近。它的嘴巴半张着，全神贯注地想象着什么。

　　这只黑棕色的大狗名字叫桑尼，长相丑陋怪异，它的眼神中透露着机警和智慧，它那庞大的身躯和阔大的下颌更是令人望而生畏。显而易见，桑尼是一条杂种狗，它显露出某些血统的一系列特征。比如，它那宽阔的胸部、短而弯曲的腿、油滑的皮毛以及方正有力的头最为明显地表现出它有英国斗牛犬的血统，显著的黑色和棕色皮毛以及毛发很短的长耳朵显露出它与比格犬有亲属关系。在桑尼还是一条毫无抵御能力的小狗时，不知被谁剪短了它的尾巴，可那人显然又有些心软，才没有将它那双柔软光滑而又灵敏的耳朵剪短。桑尼长大后就成了这样短尾巴搭配长耳朵的不协调装扮，这简直和穿着黄色运动鞋子配上一顶高高的礼帽那样让人无法直视。

　　桑尼依然注视着那辆马车，快要拐进小巷了，它仍旧不能确定拉车的马是不是熟悉的老比尔，也许还有其他栗色白脸的马吧？马车上的男人确实很像它亲爱的主人乔·巴恩斯，但乔·巴恩斯总是独自一人坐在马车上，而这个男人旁边还坐了一个小孩，这个小孩长着长长的金黄色头发并戴了一顶小红帽子。这个场景让桑尼疑惑不解。当马车终于进入小巷里时，它的疑虑也随之消散，确实是主人回来了！桑尼的短尾巴骨一阵阵猛烈地晃动着，努力想要摆动起来，它兴奋而欢快地叫了几声后，就疯狂地沿着小巷往下跑去。家里的人听到了狗的叫声，灰色房子的大门便应声打开了。一个又高又瘦的女人走了出来，她穿着蓝色土布裙子和红色印花马甲，脸上洋溢着笑容，她匆匆穿过院子去迎接刚从外面回来的人。

灵犀一点

　　狗是最有好奇心的动物之一，在好奇心的驱动下，利用其敏锐的嗅觉、听觉、视觉、触觉去认识世界，获得经验。好奇心有助于智力的增长，还有利于技能的培养。

第二章　孩子来了

乔和他的妻子安把注意力全都放在孩子身上，两个人欢欢喜喜的，桑尼也想分享他们的快乐，欢快地往他们身上蹿，结果会怎样呢？

当吱呀作响的马车颠簸着越过沟坎往上前行时，桑尼欢欣雀跃着奔过来了，它的主人像往常一样跟它说了一声："你好，桑尼！"狗有着超级灵敏的感知能力，桑尼从主人的语调里听出了微妙的变化，主人对它似乎没有了以往的热情和耐心，几乎算是有点冷漠了。确实如此，乔·巴恩斯的心思此刻都放在别的事情上。平时，他会对桑尼热情调皮的举止表现出强烈的兴趣，并且在栗色老马沿着巷子用力往上拉车时，他会跟桑尼不停地说着话。可是今天，乔的注意力完全放在了他身边这个长着金黄色头发的孩子身上，桑尼的心情也受到了影响，不再像往常那样欢喜了，它自己也不知道为什么。

孩子忽闪着眼睛看着桑尼并欢快地喊道："哦，乔叔叔，这只狗儿多么漂亮！它真可爱！能把它给我吗，乔叔叔？"不管孩子怎么称赞桑尼，表示出对它极大的兴趣，桑尼还是无法改变它的心情。

"孩子，当然可以。"乔·巴恩斯满是疼爱地看着这个金色头发的孩子说，"它是你的。它的名字叫桑尼，最会追捕花栗鼠了。它会疼爱你的，会像你的乔叔叔和安姨那样疼爱你。"

马车到了院子里，还没等赶车人让马停下，穿红色印花马甲的高个子女人就已经站在马车旁边了。她迫不及待地把小孩子从座位上抱下来，紧紧拥入怀中。

"可怜的孩子！我的宝贝！"她喃喃道，"我会像妈妈那样对你，上帝啊！"

女人的话让孩子突然记起了自己失去的妈妈，本来他已经慢慢忘记了这件事，于是，他喊道："我要我的妈妈！她去哪儿了？"高个子女人急忙转变了话题。

"他跟吉姆可不是同一个模子刻出来的吗？"她带着诧异而又赞赏的语气问道，"孩子他爸，你看出了他们有很多相像的地方吗？"

乔借着这个机会更加仔细地端详着孩子，将他揽进自己的臂弯中，用炽热的眼神看着他。"是的，"他说，"这孩子长得真像吉姆，更像他的——"他本来想说更像他的妈妈，突然想到决不能和妻子犯同样的错误，马上改口说："他也是一个十足的小男子汉！"他继续说道："售票员说他一路都是自己搭车的，还称赞说他是一个不会惹麻烦的孩子。"

乔和他的妻子安把注意力全都放在孩子身上，两个人欢欢喜喜，桑尼也想分享他们的快乐，欢快地往他们身上蹿，而两个人看都没看它一眼，当然也顾不上想到它。这么多年以来，桑尼一直都是这对膝下无子的夫妻最关爱的对象，他们像对待孩子一样对它，抚摸它，宠爱它，让它觉得自己是他们家庭生活的中心。可现在，桑尼发觉自己被忽视了，它马上平静下来，一动不动地站着，满含责备地注视着眼前的场景。这么久以来，它跟乔和安之间建立起了一种非常亲密的关系，桑尼常常以此为乐，而且它的智慧和感情也已经变得富有人情味了。此刻，它显然是被遗忘了。它的男主人和女主人已经把对它的爱撤回了，转而倾注到这个陌生孩子身上。它的耳朵和尾巴骨痛苦地垂落下来，它转身离开，悲伤地走到老马的身旁，嗅了嗅它的鼻子，好似在请求它解释一下事情发生的缘由。这匹被主人唤作"老比尔"的栗色老马并不关心这件事，它愉快而又专心地啃着井后短小鲜美的嫩草，既不能给它解释，也不对它表示一点儿同情。

桑尼闷闷不乐地走到狗舍里。平常，狗舍是一个它不屑一顾的地方，只有很晚了才会来这里，而现在它觉得这里才是真正属于它的领地。桑尼依然带着失意的神情，它卧倒在地上，将鼻子放在搭在舍门的爪子上，试着弄清楚到底发生了什么事。只有一件事它能肯定，这一切都是因为来了个长着黄色卷发的孩子。

灵犀一点

乔和安领养了一个孩子，家庭中多了一个新的成员。如果说爱是路，那理解便是这条路上的桥，无论人与人之间，还是人与动物之间，都离不开理解搭建的沟通桥梁。

第三章　主人的误解

突然间，它心里涌出一种热望，想要重新和主人恢复以前的亲密关系，于是它猛然从孩子的手中脱身离开，接下来会发生什么呢？

桑尼以前没有和孩子亲密接触的经历，它在街上也碰到过一些孩子，它以自己对人类特有的尊敬和仁爱对待他们，而桑尼那令人望而生畏的样子让大多数孩子都不太敢靠近它，更不用说欺负它了，因此它对孩子也从不曾有过仇恨。此时此刻，尽管桑尼不开心，却没有嫉恨这个孩子的心思，只是想要离这个带给它伤痛的小孩远一点。可是，它连这点小小的心愿也没得到满足。

乔·巴恩斯和安都争着要抱孩子，两个人争来争去，都想和孩子亲热，可是孩子远没这样的热情，不管谁抱着他，他很快就要挣扎着离开对方的怀抱。对孩子来说，还有好多事情比被拥抱亲吻有趣得多。对于生长在城市的他来说，这一片闪烁着光泽的绿林是一个全新的世界，他迫不及待地想要探索这里的一切。他使劲地挣开将他牢牢锁住的手臂，想要下去。"放我下去，乔叔叔！"他说，"我想要和我的狗儿玩耍。"

"好的，孩子。"乔回答道，为了满足孩子的要求他马上招呼桑尼，"桑尼，快点来这儿！桑尼，过来认识一下孩子！"

"是啊，快过来认识一下你的小主人，桑尼！"女人也赶忙附和道，一边热切地看着这个长着黄头发的小脑袋。他真正的名字叫艾尔弗雷德，但乔叫他"孩子"，从此以后，这就成了他的称呼。

听到有人叫自己的名字，桑尼从狗舍中爬了出来，缓缓地往前走去，完全不像往常那般迅速。它很想自己安静地待在狗舍里，但还是立即顺从地过去了，并把自己的大脑袋伸到乔的手底下，希望乔能像以前那样抚摸它。可是，乔今天忘记了抚摸它，他现在一心扑在孩子上，当他注视着孩子的时候，他那消瘦的饱经风霜的脸上就显得神采奕奕并洋溢着笑容。

"孩子，你的狗儿来了！"乔说道，并愉快地看着小家

伙要怎样确立自己的主人身份。

女主人心思细腻，对孩子和狗表现得更为温柔。"桑尼，"她把狗往前拉了拉，告诉它，"这是我们的孩子，你的小主人。你以后要好好听他的话，尽力照顾好他。"

桑尼顺从地摇了摇它那粗短的尾巴，在女主人的抚摸下，它的痛苦减轻了一些。桑尼靠着她的膝盖，得到了片刻的安抚，尽管平时它对男主人的爱要胜过对女主人的爱，可现在男主人根本顾不上看它一眼。桑尼不愿意看见孩子，当小家伙的手热情地拍着它的脸庞时，它闭上了眼睛，露出容忍的表情，尾巴也停止了摇摆。它模模糊糊地意识到自己不能对这个陌生的小孩不友好，尽管他突如其来地完全取代了自己的地位。除了这点它能想到的就是它的主人，主人对它已经变得很冷漠。突然间，它心里涌出一种热望，想要重新和主人恢复以前的亲密关系，于是它猛然从孩子的手中脱身离开，在乔的双腿间扭动着身体并极力想爬到他身上去舔他的脸。

看到孩子脸上闪过失望的神情，乔·巴恩斯心里随即升腾出一股怒气。他认为桑尼跑过来是因为不喜欢孩子，它要从孩子身边逃开。乔站起来，把孩子抱入怀里，对着桑尼粗声喝道："要是你不能好好对待孩子，就出去！"对于"出去"这个词及其语调，就算一个智力不如桑尼的动物也

能明白，何况桑尼是条很聪明的狗呢？桑尼如同被鞭子抽了一样，它把短短的尾巴垂落下来，然后跑开了，它不想躲回自己的狗舍中，就到草地上去找它的老朋友比尔。

"桑尼并不是故意对孩子不好，孩子他爸，"女主人安为桑尼辩驳道，"它只是还没弄清楚我们家里发生的事，它想不通你为什么不像以前那样重视它了。它感觉自己像一个被冷落的孩子，我不会因此责怪它。"

乔隐隐约约觉得安也许说得对，但那只是一种模糊的怀疑而已，再说他习惯了自己在家庭中的权威，面子上也不承认自己有错。乔有些固执且性情乖戾，想到桑尼刚才的表现让他感到更为愤怒。"一条不能一眼就喜欢上孩子的狗对我没用！"他说道，重新将小孩卷发上的红色小帽子戴好。

"你说得没错,孩子他爸,"安谨慎地认同道,"但你会发现桑尼不像你想的那样。"

孩子对两个人的聊天不感兴趣,他待在乔的怀里不耐烦了,大声说:"我想要去那个小房子看我的狗!"

乔不想再看到桑尼,对他说:"孩子,我们让桑尼自己待一会儿吧!我们去看小牛,漂亮的黑白色小牛,现在就在牲口棚的后面。我先把老比尔带进去,你和安姨待一会儿。然后我们再一起去看那些小猪。"

小家伙的心全都转移到了乔提到的那些好玩的东西上,便跟着安快乐地跑来跑去,而此时乔·巴恩斯将栗色老马牵回牲口棚,一边喃喃自语说如果桑尼拒绝和孩子做朋友,他决不会轻饶它。

灵犀一点

有一种伤害是误解。可怜的桑尼因没有能力用语言把自己的真实想法说清楚而被误解。加强交流和沟通,尽可能地避免误解的产生,有利于建立和谐的人际关系。

第四章 黑暗的日子

桑尼是一条大狗，而乔的腿上已经被孩子坐满了，桑尼的行为就意味着粗鲁地将孩子挤下来。其实，这时候桑尼根本没有意识到孩子的存在……

自从孩子来了以后，桑尼的生活就变了，实际上，对它而言，那根本就算不上生活，而变成了黑暗的日子。

主人对桑尼的冷漠很快就加剧为一股针对它的莫名其妙的怒气，它总是为此感到焦虑，恶毒的命运似乎在幸灾乐祸地捉弄它，有意无意地领着它误入歧途。桑尼依然一心想着自己的主人，根本没有顾及孩子，它想要改善和主人的关系，却往往适得其反。有很多次，乔鲁莽地想要改善桑尼和孩子之间的关系。他坐在后门台阶上，让小孩坐在自己的膝盖上，然后把桑尼喊来让孩子和它玩耍。一听到主人的呼唤，桑尼便从自己觉得最安全的避难所狗舍中

急速跑出，风驰电掣般地穿过院子，极度欣喜地爬到乔的大腿上，努力想要显示自己的宽容和喜悦。桑尼是一条大狗，而乔的腿上已经被孩子坐满了，桑尼的行为就意味着粗鲁地将孩子挤下来。其实，这时候桑尼根本没有意识到孩子的存在。可对于乔这个头脑愚笨的男人而言，他认为桑尼的行为只不过是想要取代孩子的卑劣的妒忌之举。

在孩子看来，桑尼这样做就像是在跟他玩一个有趣的游戏。他并不介意自己被从乔的膝盖上挤下去，他高兴地抓住桑尼，拥抱它，用他的小拳头高兴地拍打它，并且用他知道的所有的宠物名字称呼它。

乔却生气地站起身，对着桑尼大喊大叫："要是你再这样做，就走开！我告诉你，出去！"桑尼心痛不已，它不知所措地看了看主人，然后满怀失望地退回到狗舍里。当这种事情或是类似的事情发生了很多次以后，甚至连心思更为细腻的安也开始觉得桑尼是对孩子不够友好了。因此，她对桑尼也没有以前那么友善了。桑尼沉浸在自己的痛苦中不能自拔，它依然想努力找回男主人不知何故从它身上撤走的爱，对它而言，安是否忽视了它一点都不要紧。

从成人的视角来看，这个孤寂偏远的林中农场里的生活是平静的，平淡无奇的日子一天接着一天地过去；对于被抛弃被怀疑的桑尼来说，这些全都是无望、黑暗、永无尽头的日子；而对孩子而言，它们是神奇的日子，每天都是。孩

子喜爱那些奇怪的黑白相间的猪，他从猪圈板子上的裂缝专心地研究它们，看它们吃饭和嬉戏。他还喜爱小牛，喜爱好像长了三只眼睛的母牛，那两头红色的大公牛是两个密不可分的务农伙计，孩子对它们除了喜爱还有些恐惧。在农场里，孩子喜欢的东西还有很多，他对鸡有着永不退却的兴趣；对点缀在草地上的那一簇簇盛开的金凤花也是如此；而对于翩跹在花朵上的那一群群更为轻灵的各色蝴蝶则更热心，那些蝴蝶有白色、棕色、红色、黑色、金色、黄色和绛紫色。当然，孩子最爱的还是静默冷淡的桑尼，他似乎根本没有意识到它的淡漠。桑尼躺在草地上时，会沉静地看着孩子，对于他的喜爱也不会摇一下尾巴以示回应。孩子用他独特的方式表达着对桑尼的爱，比如抱它抓它甚至用脑袋顶着

它蹭来蹭去，当桑尼觉得无法忍受这种亲热的时候，它会慢慢起身走开，躲到自己的狗舍里或是假装要寻找什么走到牲口棚后。桑尼有着宽广的胸怀，它从来对孩子不存在一点恨意，它知道他是一个孩子而且他没有责任。它想不明白眼前的事，如果恨，它只恨那模糊不明的使得乔冷落伤害它的力量，也许那就是人类所说的命运。桑尼毕竟只是一条狗，很多事情不是它能想明白的，它只是对主人的冷落很伤心，它依然想在主人面前表现它的忠心。

桑尼还是想尽量躲着孩子，可无意中它渐渐对喜爱它的孩子有了热情，尽管它表现得依旧冷淡。当孩子过来用他的小手拍打着它的头部并推着它结实的背部兴高采烈地故意扰得它不能睡觉时，它开始感到快乐而不是无法忍受。当然，这只是一种温和的喜悦，还不需要兴高采烈地表现出来。主人每天都有着各种事要忙，他们忽略了桑尼，它依然过着黑暗的日子，和孩子的相处渐渐成为一抹温暖的亮色。

灵犀一点

桑尼因为主人的冷落过着黑暗的日子，孩子的爱给了它温暖。爱是一种力量，它像春雨滋润心中的创伤，它像阳光温暖冰封的心灵。

第五章　不白之冤

孩子的亲热让桑尼兴奋起来，它悲伤的心中猛然涌起了一小股暖意，它禁不住抬起嘴巴舔了一下孩子，结果会怎样呢？

有一天中午，乔·巴恩斯吃完饭后坐在门口的台阶上吸着烟，女主人安正忙着洗碗，桑尼则正好心情沉重地躺在厨房门前，离着门大约十到十二步远的距离。在过去那些快乐的日子里，像这种时候，桑尼的位置都是躺在乔的脚旁。而现在桑尼不敢轻易去亲近乔了，何况孩子还在他的身边。小家伙静静地坐在乔的身边，他很快厌倦了这样的无聊，突然跳了起来朝桑尼跑去。桑尼不知如何回应孩子才不会惹得主人不高兴，它就打定主意装作睡着了。孩子笑闹着趴在它身上，轻轻地拉它的耳朵，又试着撑开它的眼睛。孩子的亲热让桑尼兴奋起来，它悲伤的心中猛然

涌起了一小股暖意，它禁不住抬起嘴巴舔了一下孩子，那一舔真是慷慨，它的大舌头满满当当地盖过了孩子的整个脸庞。

出乎意料的是，桑尼没把握好分寸，孩子的脸隔它太近了，它不仅仅是舔了他一下，同时还用自己湿乎乎的鼻嘴猛地撞了他一下。孩子惊呆了，一时反应不过来，迅速退回到了乔的身边，并同时发出"啊"的一声尖叫，他的眼睛睁得很大，嘴巴随即抖动起来，好像马上要哭起来的样子。乔刚才正抽着烟想心事，当然也不可能知道桑尼想了些什么，他看到孩子的样子就勃然大怒，他猛地跳起身来，对着桑尼的肋骨狠狠地踢了一脚，并弯腰抱起了孩子。桑尼悲痛交加地嚎叫一声跑回狗舍中去了，它的叫声惊动了安，她从厨房里跑出来。

孩子在抽泣，挣扎着要从乔的怀抱里下来。安急切地将他抱了过来，"桑尼对你做了什么？那只坏狗！"她问道。

"它不坏，它很好。它只是亲我亲得太用力了！"小家伙愤愤不平地辩驳，他的哭似乎是因为桑尼受的委屈。

"它伤了孩子的脸。我确定它是咬了他。"乔·巴恩斯说道。

"它没有伤害我！它不是故意的。"孩子继续争辩着。

"当然它不是故意的，"安也许是真的相信了孩子的话，也许只是为了安慰孩子，她带着责备的口气说，"孩子他爸，你对桑尼太严厉了。你不该踢它的！"

乔的脸上露出固执的神情。"是的，我是踢它了。要是它以后还敢这样对孩子的话，我还要踢它！"他粗声反驳道。接着，乔不安地察觉到不管自己是对是错，他总是寡不敌众，他的妻子和孩子总是向着桑尼，于是，他回到台阶上闷闷不乐地继续抽烟。桑尼还没有吃东西，乔叫喊了它很多次，可是桑尼非常伤心，不肯从狗舍里出来。它将自己缩成一团蜷缩在狗舍的后部，鼻子朝下挤在一个角落里，所有生活的残片在它的脑海中翻滚着，想起失去的爱和信任它伤心不已。

两天之后，乔和安正好一起出门到屋前的农田里给胡萝卜拔草。那间和厨房相连的小房里，有一张安着脚轮的床，他们把孩子留在那里睡觉。乔和安离开后，桑尼就从它的狗舍中出来，躺在院子中央，在这里它可以为主人看管所有的财产。

孩子习惯在中午过后美美地一连睡上两个小时，可这个下午，他却打破了常规。乔和安走了没有十分钟，他就出现在了厨房门口，蓬乱的金色头发，粉红的脸颊，胖乎乎的小手握紧拳头擦着惺忪的睡眼。孩子醒来后发现自己独自一人在家，有些害怕，但一看到桑尼，他就忘记了恐惧，他朝桑尼跑去，欢喜地拍打着它。

桑尼还记得上次因为舔了孩子被踢的那件事，因此当

孩子趴在它身上时，它不敢回应，只是将鼻子放在自己的爪子上，一动不动。几分钟后，这种似乎是完全不理睬的态度将孩子的热情也冷却下来。他跳起来，离开了桑尼，四处张望着，看看有什么更好玩的东西。

灵犀一点

桑尼对主人有一颗让人感动的忠诚的心。对人忠诚，对事业忠诚，做人做事才能成功。

第六章 小小冒险家

起初，他并没有看到什么不同寻常的东西，但他幼小而敏感的神经已经感觉到了某些东西的存在，他的眼睛逐渐适应了树林里的光线，他看到了什么呢？

孩子游移的视线穿过牲口棚后落到树林边的草地上，草地上的一个黑色树桩上坐了一只松鼠，它突然到处乱跳并尖声地"吱吱"叫着，这看起来真是新鲜有趣。孩子从栅栏的缝隙里爬出，然后朝着草地奔去，迈开他那结实短小的腿去追逐松鼠。

那只松鼠看着孩子跑过来，似乎清楚地知道对它构不成危险，就依然守在自己的阵地上，兴奋地尖叫着在树桩上蹦来蹦去。眼看孩子离它不到两三步远了，它带着嘲弄狂热地"吱吱"叫着，然后跳到另外一个树桩上。孩子转动着眼睛，张开小小的双手急切地跟着松鼠往前跑，松鼠

总是在快被捉到的时候再继续往前跳，就这样一次又一次，孩子被松鼠带进了树林。这只浑身长着棕红色的皮毛、故意戏弄孩子的淘气鬼厌倦了游戏，快速爬上一棵老铁杉树，安静地躲在一根高高的枝丫之间。

孩子停在了茂密的树林的边缘，从树荫之间好奇而又充满敬畏地向里窥探。树林里有高高的大树，还有低矮茂密的灌木丛，棕色的地面上投落着一块块明亮的光影，这一切都吸引着孩子的目光。随后，他看到了更稀奇的东西，一颗鲜红巨大的蘑菇独自生长着，十分惹眼。孩子渴望得到这个漂亮的东西，想拿在手里玩耍。但这片树林的寂静又让他感到有些害怕，他把脸靠在一个篱笆桩上，眼巴巴地望着那个大红蘑菇，寂静让他越来越恐惧，要是松鼠能回来和他玩就好了，他就不会害怕了。正当他想放弃那个美丽的鲜红色蘑菇转身回家时，他看到了一只灰色的小鸟，它在一棵枝繁叶茂的云杉的低枝间跳来跳去，发出一阵阵好听的鸣叫，灰色的小鸟那欢快的叫声好像是在劝慰孩子，树荫的暗影和树林的寂静顷刻间变得不可怕了。孩子勇敢地从篱笆间跻身过去，朝着那个鲜红的大蘑菇奔去。

　　就在孩子跑到了那个蘑菇旁边并弯腰抓住它时，一声尖利的羽毛抖动的声音让他感到惊异。他抬起头来，看到一只眼睛明亮的棕色鸟儿在他面前跑来跑去，其中一只翅膀拖在地上似乎飞不起来。多么漂亮的一只鸟！看起来这么温顺！孩子确信自己可以抓住它。他把红色的蘑菇拔出来，用一只手将它紧紧抱在自己的胸口，然后急切地追着棕色鸟儿。这只鸟是一只老谋深算的母鹧鸪，它的巢穴就在附近，它正一心想要把闯入者引开。母鹧鸪吸引着孩子追它，它费力地拍着翅膀快速跑动才勉强没让孩子捉住，一直跑到了一片浓密的灌木丛周围。母鹧鸪跃到空中，正

199

要潜入灌木丛时，却发出一声尖叫，转而呼地飞上了旁边一棵高耸的桦树上。

孩子知道自己捉不到这只棕色鸟了，他非常失望，抬眼凝视着它，胸前仍旧紧紧抓着那个红色的大蘑菇。随后，不知是出于理智还是出于本能，孩子低下头，注视着灌木丛，想要弄清楚到底是什么东西把那只漂亮的棕色鸟儿吓跑了。

起初，他并没有看到什么不同寻常的东西，但他幼小而敏感的神经却感觉到了某些东西的存在，他的眼睛逐渐适应了树林里的光线，开始能够分辨出实物和暗影。然后，他突然发现了一只蹲伏着的灰色动物的身影，它那又大又圆、淡白中带着黄绿色的双眼直直地盯着他。

在惊慌失措中，孩子丢落了他的蘑菇，回过头看着那只灰色动物。涌入孩子脑中的第一个念头是转过身去跑开，可不知为什么，他又害怕那样做，害怕转过去背对着那眼睛又白又黄的蹲伏着的动物。在他浑身颤抖着注视这个动物时，觉得它长得像一只灰色巨猫。想到这里，孩子感觉安心了一点点，猫总是很友好的，可以陪他玩耍，就算是一只大猫，它也不会伤害他，他对这一点很确定。

那只像个大猫的动物一动不动地盯着孩子，圆圆的眼睛一直看着他的脸，过了大约有一两分钟，它就开始朝着孩子匍匐前行，鬼鬼祟祟，悄无声息。巨大的恐惧感向孩子袭来，在极度恐慌中，他突然哭了起来，没有非常大声，而是很低声地啜泣着，好似他根本不知道自己在做什么。他的小手垂放在身侧，头微微向前低垂着，他站在那里，无助地盯着那只穿过灌木丛朝他匍匐而来的陌生可怕的猫。

灵犀一点

　　好奇心是人类发展的推动力，是一切创造的动力。古今中外的很多科学家都是在好奇心的驱使下，完成了一项又一项造福人类的发明创造。

第七章　殊死搏斗

　　这场残酷的斗争持续了有好几分钟，桑尼显然并不处于优势，它的背部和肩膀上鲜血直涌，结果如何呢？

　　与此同时，桑尼自从孩子爬过栅栏进入草地后就变得心神不安。它知道孩子以前从没有去过草地那边。桑尼站起来，转过身躺下，它躺下的姿势可以让自己看到孩子的一举一动。它知道这个小家伙属于乔·巴恩斯，它决不容许任何属于乔·巴恩斯的东西丢失或走掉。当孩子走到树林边上并站着从篱笆间张望时，桑尼站起身来，朝着草地跑去，一副慵懒漠然的样子，好似它朝那个方向跑去完全是因为自己心血来潮，它装作根本没有在看孩子，而实际上它一直焦急专注地观察着小家伙的一举一动。桑尼明白，它的职责就是守护好主人乔·巴恩斯的一切财产，而它隐约觉得孩子是他最重要的财产。

当孩子扭身穿过篱笆，然后奔跑着进入阴森森的树林时，桑尼对孩子的担心更增加了一重，这主要是来自于自己的经验，它知道树林里有很多孩子并不知道的危险，树林不适合孩子在里面玩耍。想到孩子在空旷寂静、浓荫密布的树林中不知会碰到什么东西，一阵恐惧感突然向桑尼袭来。它狂奔起来，快速从篱笆间爬过，追随着小小冒险家的足迹往前奔去，直到它看到了孩子长着黄色卷发的脑袋才放下心来。孩子正全神贯注地凝视着一个灌木丛，看到这个情景，桑尼急忙停下来，它停了一会儿，然后带着漫不经心的神情慢慢地往前走去，好似它来这里完全和孩子无关，他们为了各自的目的来到树林里，不过是碰巧遇到了而已。

树林里无比寂静的氛围影响了桑尼，虽然它的脑海里并没有"蹑手蹑脚""鬼鬼祟祟"这样的概念，它还是禁不住趴在地上匍匐前进，他一边向着孩子前进，一边思索着灌木丛里到底有什么东西会让孩子一动不动。孩子平时除了睡觉可是很少能有这么安静的时候，这似乎有些蹊跷。突然，桑尼背上的毛开始竖立起来。片刻之后，它听到了孩子在哭叫。孩子的哭声并不大，但从那压抑无助绝望的啜泣声中可以真切地听出他的恐慌。桑尼根本不需要再思索什么了，灌木丛里一定是有什么东西吓到了孩子。它心中明白自己要做什么，于是，露出洁白的牙齿，急速往前奔去。

　　就在这时，从灌木丛里传出了"噼啪""嗖嗖"混杂的声音，而刚才还一动不动的孩子则像是被解除了魔咒一般，尖叫着转过身要逃跑。可他被横在地上的一根树枝绊倒了，脸朝下趴在了地上，金黄色的卷发里混杂着棕黄的细枝和冷杉针叶。几乎就在同一瞬间，一只巨大的灰色的山猫从绿色的灌木丛里猛然跳出来，对着趴在地上的那个小小的身体扑过去。可它没能真正扑到他身上，它那尖锐的杀气腾腾的爪子也没有陷入孩子的皮肉中去，因为在山猫出动时桑尼已及时赶到。大山猫为了避免自己陷入严重失利的局势，及时改变主意并调整了策略。看到桑尼那高大壮实的身体朝着大山猫冲过来，逼迫它放开孩子往后退了一下。孩子趁机爬起身来，他停止了抽泣，张开嘴巴目不转睛地注视着面前突然爆发的战斗。

如果不是桑尼有勇有谋，它可能很快便沦为对手凶猛可怕、利如耙齿的后爪的爪下之物。然而幸运的是，桑尼在好斗好战的幼年时期，就和长于作战、经验老成的猫交手过很多次。对它而言，大山猫不过是一只尤为凶悍的大猫而已。它知道山猫后爪集聚着后臀所有的力量，有着致命的杀伤力。在它和尖叫着的山猫搏斗时，它悄悄地采用自己斗牛犬祖先的作战方式，尽量避开山猫的后爪。尽管山猫的一只前爪在它身上撕出了一道伤口，它却成功地紧紧咬住了山猫脖子离喉咙不远的脖根处，它随即拖着自己的身体往后退，趴着蹲伏在地上，并拖咬着敌人。

桑尼保持着这个姿势往后退，使出自己浑身所有的力量，如此一来，那咬牙切齿、不断尖叫的大山猫便不能使出自己可怕的后爪。然而，山猫那巨大的前爪却在桑尼的背上和侧身凶狠地抓撕，它那像匕首一样锋利的长尖牙则在桑尼肩上能够得着的地方凶狠地撕咬着。桑尼坚强地忍受着剧烈的疼痛，尽量保护好自己身体的软弱部位和眼睛。幸亏它把大山猫的脖根咬得很近，因而可以保护自己的眼睛不受伤害。桑尼还遵循它顽强不屈的血统习性，一刻都不曾放松地用力咬下去，而且一直往肉里咬，直到给了山猫喉管上最后致命的一咬。同时，它一刻不停、稳稳地拖着大山猫往后走，这就能阻止对方用臀腰来加强对它

的攻击。

　　这场残酷的斗争持续了有好几分钟，桑尼显然并不处于优势，它的背部和肩膀上鲜血直涌，而它的敌人除了脖子被咬住，其他地方并没有受伤。突然间，这只灰色野兽的尖叫夹杂着窒息之音，山猫的嘴巴大张着，停止了撕咬，尽管它的前爪比之前撕抓得更为拼命。桑尼坚持不懈地咬着，让它慢慢窒息。桑尼嘴巴里几乎塞满了长长的毛发和零碎的皮肉，这使得它不能干脆利落地咬破敌人的喉管来结束斗争。坚持！坚持！再坚持一下！桑尼觉得大山猫撕抓的力量越来越小，自己离着胜利越来越近了。

　　桑尼竭尽全力做着最后的坚持，就在它继续拉着大山猫往后拖拽时，山猫突然停止了抵抗。它猛地往前发动了最后的拼命一搏，想从那些锁住喉咙的犬齿间挣脱出来。有一两秒钟，桑尼觉得自己淹没在爪子狂乱飞舞的撕扯之中。桑尼和大山猫紧紧扭作一团，交织着仇恨、凶残和恐怖，在灌木丛中滚来滚去。桑尼努力弓起身子，保护着自己的肚子不受伤害，这时，它听到孩子因为恐惧发出了一声长长的尖叫。听到叫声后，它那因为疼痛已经麻木的神经突然一震，使出之前没能成功使出的最大力量。它的下颌向上干脆利落地咬住对手，慢慢地将它拉近地面，终于，它上下的牙齿合在一起咬嚼着。大山猫的身体剧烈地颤抖起来，随后它四肢伸直，绵软无力，完全丧失了杀伤力。

灵犀一点

　　为了保护孩子，桑尼和山猫进行了殊死搏斗，它靠着面对危险毫不退缩和坚持到底的勇敢，终于取得了胜利。一个人只有勇于奋斗和拼搏，才能获得事业的成功，才会出现生命的奇迹。

第八章 一起回家

当他们一起走到篱笆那里时，桑尼因为失血过多而身体虚弱，不能自己爬过篱笆，接下来会怎样呢？

桑尼知道自己就要胜利了，它还是紧咬着敌人持续了大概有一分钟之久，同时猛烈地摇晃着山猫的身体。终于，它发现山猫没有任何抵抗能力了，它才心满意足地松了口。桑尼退后了几步，精疲力竭地打量着大山猫的身体。然后，桑尼向孩子走去。孩子不顾它身上的鲜血和伤口，紧紧抱着它，热情地亲吻着它的鼻子，嘴里喃喃地低语着："可怜的桑尼！亲爱的好桑尼！"然后，孩子突然号啕大哭起来。

桑尼知道它现在要做的最重要的事就是尽快带孩子回家，它开始往回走，一边走一边不停地回头看看孩子，并发出催促的低吠声。孩子心领神会，急忙跟上去。当他们一起走到篱笆那里时，桑尼因为失血过多而身体虚弱，不

能自己爬过篱笆，孩子笨拙而充满关爱地手脚并用，帮助
桑尼爬过了篱笆，桑尼却不能和孩子一起前行了，它倒在
了地上。就在这时，传来了乔和安的声音，他们急切地呼
唤着孩子。听到主人的声音后，桑尼努力站起来跟跟跄跄
地往前走动，孩子则紧紧地跟在它身旁，可它刚走了几步
远，就再次倒在了地上。

　　乔和安朝着草地跑来，一边叫着孩子，而孩子不肯离
开桑尼，他只是向前快速走了几步，就停住不动了，然后摇
着头往回看。当乔和安走近了，看清楚小家伙脸上、头发上
和衣服上的斑斑血迹时，他们心里恐惧万分。"我的天！他
是怎么了？"安气喘吁吁地说道，努力跟上她丈夫的脚步。
但乔走得实在太快了，她很难跟上。乔往前冲去，抓住小家
伙，弯腰把他抱起来，迫不及待地检查着孩子的脸部。谢天
谢地！尽管孩子脸上沾满血渍，好在他看起来安然无恙。

　　"孩子，这是怎么回事？你没有受伤——你没有受
伤——告诉我你没有受伤，孩子！你身上的这些血是哪儿
来的？"乔上气不接下气地问道。

　　这时安也赶过来了，用恐慌万分的眼神看着孩子。
"乔叔叔，不是我！"孩子回答道，"我没有受伤。受伤的
是可怜的桑尼。它伤得很重。它杀死了那只很大很大
的——"孩子不知道要如何描述那个可怕的动物，"那只巨
大可怕的大猫，它想要吃掉我，桑尼救了我！"乔是个经

验丰富的山林人，他一听就明白发生了什么。

桑尼就躺在几步远的地方，它的伤口鲜血直涌，嘴巴跟鼻子血迹模糊。"桑尼！"乔用颤抖的声音呼唤着，迅速冲到了它身边，看着它被撕伤的身体。桑尼抬起头，虚弱地摇了摇短尾巴，挣扎着想要站起却无能为力。

乔·巴恩斯的喉头哽咽了一下，他把孩子交到妻子的怀里，然后俯下身子，用手臂轻轻地抱起桑尼，像是抱着一个婴儿。桑尼抬起头，有气无力地舔他的下巴。乔抱着桑尼，妻抱着孩子，惊魂未定地匆匆向着他们灰色的旧房子走去。

"孩子他妈，你快跟上来！"他说道，声音有些颤抖，"现在你得自己一个人照顾孩子。我要尽我所能照顾桑尼。"他一边说着，一边准备套马车，他要带着桑尼去镇上的医院。

灵犀一点

桑尼冒着生命危险保护了小主人，重新得到了主人乔的认可。孔子曾说："泛爱众而亲仁。"我们要用博爱的胸怀给他人带来温暖和感动。